SV

Carlos María Domínguez
Die blinde Küste

Roman

Aus dem Spanischen
von Susanne Lange

Suhrkamp

Die Originalausgabe erschien 2009
unter dem Titel *La costa ciega*
bei Editorial Sudamericana, Buenos Aires.

Die Übersetzung wurde im Rahmen des Sur-Programms
zur Förderung von Übersetzungen des Außenministeriums
der Republik Argentinien gefördert.

Satz: Hümmer GmbH, Waldbüttelbrunn
Druck: Druckhaus Nomos, Sinzheim
Printed in Germany
Erste Auflage 2010
ISBN 978-3-518-42181-9

1 2 3 4 5 6 – 15 14 13 12 11 10

Die blinde Küste

Für A. I. L. B.

»Aber wer war er?« fragte ich. »Ach«, rief Stevenson,
»nur ein diskreter Gentleman und seine erfundene Melodie.«

Dr. Japp

Eins

In Dallas hält selten die Post, mal der Bierwagen, mal ein Handelsreisender. Weiße Lettern auf einem Schild markieren die Einfahrt zur Raststätte mit den staubigen Scheiben, den Zementziegeln und dem Strohdach, die wenige Meter von der Zehner errichtet wurde, auf ihrem letzten Abschnitt an der uruguayischen Küste.

Im Sommer wie im Winter teilt Dallas mit diesem Kilometer, versunken zwischen zwei Hängen voller Eukalyptusbäume, den Trotz des stummen Landes. Fängt im Oktober der Frühling an, schwingen die Tischtücher hinten an der Leine, und man hört einen Hammer, der sich an Gasttischen und Stühlen zu schaffen macht. Dann leuchtet der Himmel auf, und die vorbeifahrenden Autos, unterwegs zu Rochas Stränden, verbinden den Ort wieder mit der Landschaft voller Palmen, die dicht an dicht den Kuhfladen entwachsen sind.

An einem grauen Julimorgen tauchte im Westen die Gestalt eines jungen Mädchens mit einer Tasche über der Schulter auf. Daß sie einen kurzen Rock trug, sah zuerst der Saisonarbeiter, der vor der Tür mit einem der Hunde spielte. Er sah, wie sie am Straßenrand immer näher kam, die Kopfhörer abnahm, gleichgültig gegenüber der Raststätte und dem Nieselregen, der über die Straße strich.

Augenblicke später legte sie eine Hand auf das Schild an der Einfahrt. Sie trug das Haar rot gefärbt und kurz, Minirock und Jeansjacke, grüne Strümpfe und Markenturnschuhe, nicht mehr sehr neu. Sie zögerte weiterzugehen, den Blick starr auf den Hund gerichtet, bis ihm der Arbeiter den Stock aus dem Maul nahm und das Tier hinters Haus brachte.

Eine Stunde lang besahen sich Wirt und Arbeiter die Beine des Mädchens, die mit einer Nachlässigkeit zur Schau gestellt wurden, die nicht ihnen galt, während in der Küche die Hausherrin mit den Töpfen im Spülbecken klapperte. Das Mädchen hatte Mineralwasser bestellt, sich ans Fenster gesetzt und schaute auf die Straße, ohne sich nach einem Telefon, nach Bussen oder sonst etwas zu erkundigen, woraus sie hätten schließen können, was ein Mädchen in Dallas zu suchen hatte, das zu jung war, um allein unterwegs zu sein, zu kurz der Minirock.

Die beiden Männer unterhielten sich über einen Traktor, über den Verkauf von Land ohne Viehtränke, klagten über den Dieselpreis, den Blutsturz einer Kuh. Mittags saß sie immer noch da. Auch um zwei. Als der Arbeiter längst fort war und der Wirt wußte, daß er Schwierigkeiten mit seiner Frau bekommen würde, wirbelte ein Chevrolet aus den Fünfzigern den Kies in der Einfahrt auf und hielt vor dem Geranienbeet. Rost bedeckte die blaue Karosserie, und der linke Kotflügel fehlte, was ihm ein drahtiges Aussehen verlieh. Ein Mann mit graumeliertem Haar in schwarzer Lederjacke stieg aus, verlangte eine Schachtel leichter Zigaretten, nahm jedoch ein Päckchen Tabak, Zigarettenpapier und das Mädchen mit, das ihn auf seinem Weg zurück zum Auto angehalten hatte, ein paar Worte mit ihm wechselte, die Tasche auf den Rücksitz warf und vorne einstieg.

Das erklärte der Wirt ein paar Tage später dem Polizisten aus Castillos, und so notierte es der Beamte mit gehemmter, ungelenker Handschrift in sein Notizbuch. Ema ließ sich nicht davon abbringen, daß das Mädchen ziellos unterwegs war, aber ihr Mann hätte seine Hand dafür ins Feuer gelegt, daß die beiden sich in Dallas verabredet hatten.

»Hättest du ihr in die Augen geschaut und nicht auf die Beine, wüßtest du Bescheid«, gab sie zurück. Das hatte sie Nacht für Nacht gesagt und wiederholte es nun wie jemand, der sich Zeit damit läßt, einen Hahn zuzudrehen.

Der Polizist horchte auf, fragte, ob das Mädchen mit ihm kokettiert habe, und der Mann schüttelte den Kopf. Da schlug er das Notizbuch zu, ließ sich ein Glas Zuckerrohrschnaps anbieten und entschuldigte sich dafür, daß er keine Erklärungen gab. Man redete über die Gleichgültigkeit der Kinder und die Moral der Eltern, bis der Polizist für den Schnaps dankte, noch einmal nach dem Kennzeichen des Wagens fragte, an das sich niemand erinnerte, aufs Fahrrad stieg und unterwegs zur Straße so müde in die Pedale trat wie bei seiner Ankunft.

Die Neuigkeit, die man den Arbeitern vor dem zweitürigen Kühlschrank, den leeren Regalen und einem ranzigen Käse wiederholte, war mehrere Tage lang das Gesprächsthema in Dallas, wanderte dann weiter zu den Chaoten, die im Sommer die Strände mit Weinkartons und Wegwerfspritzen übersäen, und versickerte schließlich im Gedächtnis der Menschen wie der Regen im Dünensand. Aber Ema machte sich, während sie zwei Wollmäntel auftrennte und ein Babytuch strickte, noch viele Gedanken über das Mädchen und den Mann. Sie war dankbar, als sie wenige Tage später erfuhr, daß sich die beiden nach einigen Kilometern Fahrt auf Folgendes geeinigt hatten: Sie würde sich nicht mehr im Auto übergeben und er sie nicht auf der Straße zurücklassen.

Stumm waren sie ein Stück weit gefahren. Übers Handschuhfach drang Benzingeruch ins Innere, und dem Mädchen war übel geworden. Der Chevrolet hielt neben der Fahrbahn, der Mann stieg aus, verärgert, daß er sie mitgenommen hatte, entfernte sich ein paar Meter und blieb stehen. In der einen Richtung führte die Straße gen Himmel, in der anderen versank sie in der Erde, und kilometerweit war kein Haus zu sehen, nur ein paar Rinder als graue Pilger hinter feinen Regenschleiern, die sich zwischen der eisig glitzernden Helle und dem Land spannten, das feucht und gelb war, als wäre da ein Bild von Van Gogh in eine Pfütze gefallen.

Er kehrte um, nahm die Fußmatten heraus und wusch sie in einem Bewässerungsgraben. Sie blieb bei offener Tür sitzen, lehnte den Kopf gegen den Rahmen, ein Bein auf dem Asphalt, eine Hand auf dem Magen, schnappte nach Luft wie ein Fisch, den man auf die Straße geworfen hatte. Sie war weit weg von Gott und viel zu weit weg von zu Hause, um zu weinen, so daß sie nur den Mund öffnete, auf das Fleckchen Himmel vor ihren Augen starrte und sich nicht überwinden konnte, den Kopf zu bewegen.

Als er mit den Matten zurück war, forderte er sie auf, sich nach hinten zu setzen, drehte sich eine Zigarette, sagte, das nächste Mal werde er sie mitten auf der Straße zurücklassen, und sie senkte den Blick. Dann fuhr er mit geöffneten Fenstern wieder los, Kragen und Revers hochgeschlagen, eine Wollmütze über den Ohren, die Zigarette fest zwischen den Lippen. Das Mädchen musterte seinen Dreitagebart, den feindseligen Schwung der rechten Braue, während ihr die kalte Luft die Benommenheit nahm und sie ihre Wangen wieder spürte. Nach einer Weile kniete sie sich auf den Sitz, lehnte sich aus dem Fenster, ließ ihr Haar vom Wind zerzausen und bat ihn, das Radio anzustellen. Der Mann sah im Rückspiegel ihre Schenkel und wünschte, die Tür möge sich öffnen, dennoch drehte er am Knopf.

»Mozart!« rief sie, als sie die Takte einer Cumbia hörte. Sie ließ sich mit einem so übermütigen Lächeln in den Sitz zurückfallen, daß er im winzigen Ausschnitt des Rückspiegels ihre gleichmäßigen, kindlichen Zähne sehen konnte. Während der nächsten Kilometer sagte er sich immer wieder, daß sie bald in Valizas sein würden, er das schwangere Mädchen im Dorf absetzen und mit dem würde weitermachen können, bei dem sie ihn gestört hatte.

Er wartete auf noch eine witzige Bemerkung, aber es kam keine mehr. Das Mädchen zog einen Spiegel aus der Tasche und schminkte sich die Lippen. Ihr Kopf war klein und rund, die Augen geschlitzt und herausfordernd. Als sie merkte, daß er sie beobachtete, bat sie ihn, den Sender zu wechseln, und er drehte an einem Knopf. Die Cumbia jaulte in einer Liebesklage auf und ließ die Karosserie noch mehr vibrieren als die Fahrt über den Asphalt: *Ay amor, ay amor perdido* ... Die Musik scheuchte die Vögel auf den Stacheldrahtzäunen schon zwanzig Meter im voraus auf, während das Auto vom Wind geschüttelt über die nasse Straße raste. Da kurbelte sie das Fenster hoch, malte mit dem Lippenstift ein Männchen darauf und lehnte den Kopf an die Scheibe. Ihr Gesicht war blaß, die Fingernägel angenagt, die Lippen preßten einander Furcht ein.

Um die Radiomusik zu übertönen, beugte sie sich zum Vordersitz und rief, bei den Fischern im Dorf würden Freunde sie erwarten. Der Mann nickte ein paarmal und schaltete die Musik aus. Er mußte sie nur an der Küste absetzen und vergessen.

Die restliche Fahrt über schwiegen sie. Der Chevrolet nahm die Brücke über den Arroyo Valizas schneller als ratsam und bog in den Weg ein, der zum Badeort führte. Die rutschenden Räder auf dem nassen Lehmboden entrissen dem Mädchen ein Aufstöhnen, aber der Mann wollte bloß das Dorf erreichen, die Tür öffnen, sie verabschieden. Sein Bleifuß auf dem Gaspedal wußte das.

Er setzte sie am Ende der Straße ab, die zu dieser frühen Abendzeit verlassen war, wie sie es zu jeder anderen gewesen wäre, denn während der Wintermonate sind die Läden in Valizas geschlossen, die Hütten vernagelt, und nur die wenigen Hunde, Pferde und Dorfbewohner, die sich draußen blicken lassen, begleiten den pfeifenden Wind bei seinem Klagen im Staub.

Vor den Fischerhütten an der Flußmündung häuften sich Boote und Netze, und das Mädchen ging darauf zu, die Tasche über der Schulter und den Walkman wieder im Ohr. Beim Gehen verabschiedete sie sich mit einer kurzen Bewegung der linken Hand. Er bog nach Osten ab und fuhr eine Dreiviertelmeile auf festem Sand dahin, bis er auf eine Düne stieß, öffnete den Kofferraum, holte zwei Taschen heraus, schloß den Wagen ab und ging zum Strand hinunter, warf zuvor jedoch einen Blick auf die Zeichnung an der Scheibe. Sie ärgerte ihn entsetzlich, aber sie war auf die Innenseite gemalt. Um sie wegzuwischen, hätte er das Gepäck abstellen, aufschließen und lange reiben müssen.

Gewitterwolken türmten sich über dem Meer und ließen sich wieder fallen wie Gliederpuppen mit bleischwerem Kopf, während die Wellen ans regendumpfe Ufer schlugen. Um fünf Uhr nachmittags schleppte die Sonne einen schwachen Bernsteinglanz über die hohen Dünen im Westen, doch er drehte sich nicht danach um. Er hatte genug damit zu tun, die Stiefel in den Sand zu stemmen, sich vorzubeugen, um das Gleichgewicht zu halten und sein Gesicht vor der Nässe zu schützen.

Auf dem Strand führten die fernen Hütten von Las Malvinas, windschief durch Sturm und Flut, im Regen ihren verfluchten Krieg. Den Ort, auf halber Strecke zwischen Valizas und Aguas Dulces gelegen, hatte man nach jenen Inseln benannt, da er nicht minder einsam und bitter etwas einzuklagen schien, und Einspruch gegen ihn hatte man nur deshalb nicht erhoben, weil am Ende der Ozean für die Einhaltung der Vorschrift sorgt, erst in zweihundert Metern Entfernung von der Küste zu bauen. Die Hütten aus Ziegeln, Kiefernbrettern oder Eukalyptusrinde werden entweder von den Fluten untergraben oder vom Wind umgeblasen, und nur wenige halten fest an ihrem Ehrgeiz der Obergeschosse und alten, ausgerenkten Fenster, schief wie in einem Traum oder auf der Skizze eines wahnsinnigen Architekten.

Während er voranstapfte, zählte der Mann die Hütten, die im Dunst wie hingeschmiert erschienen. Es waren nicht mehr als sechs, aber er hatte Angst, er könnte eine übersehen und nicht die finden, zu der er auf dem nachgiebigen Boden unterwegs war, in durchnäßter Kleidung, mit dem Gepäck beladen und der zerfaserten Zigarette zwischen den Lippen.

Nach einem guten Stück Weg hielt er vor einem Baum, den die Flut angeschwemmt hatte, der Stamm war mit Muscheln besetzt, schräg ragte ein Ast in die Höhe, wie von einem Silberschmied geschliffen. Einige Sekunden lang lauschte er der auslaufenden Brandung, dem Kreischen der Möwen, betrachtete das dunstige Verschwimmen von Strand und Himmel und merkte, daß ihn die Willenskraft verlassen hatte. Er setzte auf die Erinnerung an diese Kraft, als wäre der Wille ein Pferd, das einmal in Trab fällt und nicht mehr anhalten kann, und so nahm er das Gepäck wieder auf und ließ sich weiter vorantreiben am verlassenen Ufer. Er kam an Hütten mit eingebrochenen Wänden vorbei, an anderen mit eingefallenem Dach, bis auch er nur noch ein Punkt an der Küste war und in ihr verschwand.

Zwei

Ema fand es seltsam, daß das Mädchen Camboya hieß. Ein merkwürdiger Name für ein Mädchen, sagte sie. Der Name des Mannes dagegen war mehr als gewöhnlich, aber ihre Stricknadeln hielten inne, als sie am Tisch in der Raststätte hörte, daß Arturo am Morgen aus der Hütte getreten war und zum leicht verhangenen Horizont geschaut hatte. Der Himmel bot den kompakten Anblick eines Eiszapfens, und der Wind trieb Schaumflocken von blasser Ziegelfarbe vor sich her. So weit das Auge reichte, war das Meer eine okkerfarbene Fläche, die Dünen trieben lange Federbüsche aus Sand hervor, und die verrammelten Fenster der verstreuten Hütten, manche halb von den Sandhügeln begraben, wirkten hart, spröde und verlassen wie Lider, an denen das Tageslicht abprallt.

Arturo machte in der Ferne einen kleinen Fleck am Meeresufer aus, der allmählich den aufrechten, wiegenden Gang einer menschlichen Gestalt annahm, und bevor er ihre unbeholfenen Schritte, die Jeansjacke und die Tasche erkannte, lehnte er sich an den Verandapfosten und malte mit dem Fuß ein Zeichen in den Sand.

»Was für ein Zeichen?« fragte Ema.

»Er malte ein Kreuz in den körnigen Sand auf dem Zementboden, in der unsinnigen Hoffnung, daß es Rosie wäre, getrieben von einem Verlangen, das unvorstellbar gewesen war, als er Doghrams Haus zum erstenmal betreten hatte.

Sie war vom Schreibtischstuhl aufgestanden, wo sie neben ihrem Vater gesessen hatte, ohne Arturo die geringste Aufmerksamkeit zu schenken. Beim Hinausgehen hatte er dagegen die jüngere Schwester in einem Sessel neben der Tür bemerkt und ihre begeisterte Miene inmitten der Ponyfransen und der schulterlangen, strohigen Strähnen, ein aufgedunsenes, fast unförmiges Gesicht, das ganz in dem Willkommenslächeln aufging. Das auch jedem anderen gegolten hätte, der durchs Tor gekommen wäre, um sich zweimal wöchentlich um die Gartenanlage zu kümmern, denn weder Sarah noch Rosie hatten je einen Fuß in die Schule von Palmira gesetzt, und nur selten sah man sie auf der Uferpromenade.

Wie alle in Palmira kannte Arturo Balz sie von damals, als sie noch an Thomas Doghrams und Brendas Hand gingen, bei den seltenen Gelegenheiten, an denen sie sich blicken ließen, und als sie größer geworden waren und von den Männern, die im Schatten vor dem Hotel bei einem Glas Wein oder Grappa saßen, taxiert wurden, war ihm Rosies schwarzes Haar aufgefallen, ihr Körper, der sich der Neugier der fremden Blicke so sehr bewußt war, daß Arturo sich vorstellte, wie angestrengt sie dagegen ankämpfte.

Damals waren der Engländer, die Frau und ihre beiden Töchter nur Teil der Landschaft gewesen, denn von dem Leben, das sie führten, wußte man im Ort so gut wie nichts oder höchstens, daß Doghram das alte Landgut der Farrado oben an der Punta Gorda gekauft, das Haus hatte herrichten lassen und mit seiner Frau und den kleinen Töchtern aus Buenos Aires angereist war, Anfang der Achtziger, manche behaupteten, aus Angst vor den Militärs, die die Unternehmer am anderen Ufer ausnahmen. Ligusterhecken hatten sie Zentimeter für Zentimeter eingeschlossen, bis sie eine wilde Mauer um den Besitz bildeten. Man erzählte sich, daß die Mutter die Mädchen unterrichtete, daß die Jüngere geistig zurückgeblieben war und man Thomas Doghram eines Nachts aus dem See hinter dem Anwesen hatte steigen sehen, mit Sarah in den Armen.

Während Arturo die kleine Gestalt herankommen sah, die sich gegen den Wind stemmte und auf dem Algenstreifen am Ufer voranschritt, klagten sich Palmira und die Atlantikküste gegenseitig an, nur ein Trugbild zu sein.«

»Also hat er sie erwartet«, sagte Ema und zählte Maschen ab.

»Nein, aber er wünschte sich, sie wäre weit weg von diesem Wilden, der ihn die Ligusterhecke immer dichter pflanzen ließ, besessen davon, daß nichts das Schweigen störte, das ihn überallhin begleitete und das niemand zu mißachten wagte, so sehr zwang er es allem auf, was er als das Seine betrachtete. Arturo eingeschlossen und auch die Doggen, die sich nicht mehr als einen Meter von ihm entfernten, wenn er, die Hände hinter dem Rücken verschränkt, umherging, groß, hager, immer in derselben verschlissenen grauen Weste, in der Arturo ihn am ersten Tag gesehen hatte. Damals hatte Doghram ihn aufgefordert, das Hemd auszuziehen, hatte es die Hunde beschnüffeln lassen und gesagt, er solle ihnen besser nicht zu nahe kommen. Der Rat erschien ihm sinnlos, denn wenn er durchs Tor trat, liefen sie niemals frei herum, aber wenn er in den Geräteschuppen ging, reckten beide hinter dem Maschendraht des Zwingers den Hals, fletschten die Zähne und bellten. Einmal hatte Sarah sie mit ein paar Worten beruhigt, die er sich gern gemerkt hätte. Dann hatte sie ihn wieder angelächelt wie damals im Haus und gefragt, ob er bleibe. Auch ohne die Starrheit ihres rechten mandelförmigen Auges mit dem hängenden Lid hätte er etwas Krankhaftes an dem Mädchen gefunden, das dem Äußeren nach fünfundzwanzig war, jedoch wissen wollte, ob er gern Verstecken spiele oder Fahrrad fahre. Arturo antwortete nicht immer, sei es aus Trägheit oder aus Furcht, seine Antworten könnten Doghram zu Ohren kommen. Aber Sarah fragte stets das gleiche, so daß er mit der Zeit seine Antworten variierte und feststellte, daß die Änderungen sie amüsierten. Dann quoll Speichel aus ihren Mundwinkeln, und sie hüpfte um die Leiter herum, auf der er stand.

Eines Morgens harrte Brenda so lange beim Limonenbaum aus, bis er den letzten faulen Ast abgeschnitten hatte, wollte jedoch weniger über Blumen sprechen, als ihre Unschuld demonstrieren. Ihre Schuldlosigkeit an dem, was sie nicht erläutern und er niemals ansprechen würde, was jedoch die Entscheidung betraf, nach Uruguay zu ziehen, Rosies Argwohn ihr gegenüber und Sarahs Verhalten. Brendas langes, hochgestecktes Haar, die Zigaretten, die ihre Unterhaltung begleiteten und deren Stummel Arturo überall im Garten fand, brachten ihn auf den Gedanken, daß Sarah ihr Aussehen ein paar Grad unterhalb von Brendas Stolz geerbt hatte und Rosie nach den Doghrams schlug, nicht wegen ihrer Gesichtszüge, die sich deutlich von denen des Vaters unterschieden – die schwarzen Augen, die ebenmäßigen Wangenknochen über dem fein geschwungenen Mund –, sondern wegen der Unnahbarkeit, mit der sie Arturos Anwesenheit übersah, so daß er den Hut ziehen und sie grüßen mußte, um ihr ein leichtes Neigen des Kopfes zu entlocken. Er sah sie nicht oft. Der Sommer lastete schwer auf den Tagesstunden mit seinem grellen Licht, vor dem sie zu fliehen schien. Manchmal sah er sie morgens auf einem der Verandasessel neben einem Krug und einem Glas Wasser konzentriert lesen, und wenigstens zweimal hatte er sie mit Sarah im Garten umherlaufen und einander Gras, das er gerade aufgehäuft hatte, in die Haare werfen sehen. Nur selten traf er sie abends an, und Rosie hätte sich bestimmt auch weiterhin ferngehalten, wären da nicht die Vögel gewesen. Er fand sie auf dem Rasen und unter den verfaulten Platanenblättern, alle paar Tage, meistens Rosttöpfer, Kardinale und Bentevis, manche geköpft, manche zerquetscht und zermalmt. Es waren nicht weniger als zehn pro Woche, und sofern es sich nicht um eine Übung für die Doggen handelte, konnte er sich die Wut nicht erklären, mit der sie zerfetzt worden waren. Eines Nachmittags fragte er Sarah danach, und sie wich mit zuckenden Lippen zurück. Ein Speichelfaden glitt ihr übers Kinn, sie fragte, ob er fortgehe, und lief zum Haus.

Eine Stunde später, als er die Werkzeuge im kleinen Schuppen verstaute, ließ ihn Rosies Stimme den Blick vom Haken abwenden, an den er gerade eine Schaufel hängte, und da stand sie, zwei Schritte von der Tür entfernt, die Hände vor dem Bauch verschränkt, das Haar offen und mit einem Blick, den er nicht deuten konnte. Er dürfe mit Sarah nicht mehr über die Vögel sprechen. Er fragte, ob er dann mit ihr darüber reden solle, und Rosie stotterte, rang nach Luft, deutete auf einen Winkel, wo eine Linde stand, und sagte vor dem Gehen, er könne sie dort begraben.

Bevor Arturo lernte, Rosie zuzuhören, hatte er geglaubt, sie leide an einer ähnlichen Verrücktheit wie ihre Schwester, denn hinter der Linde entdeckte er ein Gehege aus geborstenen Latten und ein unbeholfenes Tor mit dem Schild: ›Rosie Doghrams Friedhof‹. Das hatte sie in Weiß auf ein kleines Kiefernbrett gemalt, das an einem Nagel hing, und in der umgegrabenen Erde steckte schief ein Holzkreuz.

Von da an begrub er die Vögel, im Wissen, daß sie ihn, sobald er das kleine Tor öffnete und in der lockeren Erde voller Knochen und Federn schaufelte, von irgendeinem Punkt im Garten aus beobachtete. Er hätte die Vögel auch abends mit dem Laub verbrennen, hätte es als simplen Auftrag nehmen können, aber sobald er sich mit der Schubkarre ans Einsammeln der Vögel machte, verspürte er eine wachsende Beklemmung.

Die Zeit tat das ihre. Die Zeit und die Erregung, mit der er sie hinter Brendas Anweisungen suchte, die ihn Kletterpflanzen von Unkraut befreien, Holz hacken oder den Rasen mähen ließ. Brenda sagte, der Rasen habe die Doghrams nach Palmira gebracht, er erinnere ihren Mann an seine Kindheit in Leeds. Arturo hatte Ähnliches von den Engländern in Conchillas gehört. So war der Rasen entweder ein Vorwand, der den wahren Grund ihres Hierseins verbergen sollte, oder die einzige Schwäche, die sie mit den Leuten der Gegend teilten. Brenda bevorzugte allerdings die Stadt, wie sie behauptete, und konnte sie nicht vergessen. Sie kam mit einer Zigarette und ging mit einer Zigarette; manchmal redete sie Englisch mit ihm, manchmal Spanisch, und es war ihr einerlei, daß er den Blick auf seine Arbeit richtete und nur ab und an nickte, denn mehr brauchten sie beide nicht. Eine Unterhaltung über irgendein Thema, zu dem Brenda angeblich seine Meinung hören wollte. Arturo antwortete nur notgedrungen und nickte auch, wenn sie die Sprache wechselte, weniger um das Verstehen bemüht als darum, sie zurückzuhalten, weil er hoffte, Rosie könnte zu ihnen treten. Aber das geschah nie, ja es war ein Wunder, daß sie gekommen war, um ihm die Linde zu zeigen.

Ein nächtlicher Gang um die Ligusterhecke brachte ebenfalls nichts: die fernen Leuchtkarrees der Fenster im Erdgeschoß und im ersten Stock, das Gebell der Doggen, gleich nachdem sie ihn gewittert hatten. Aber Sarah hatte er entlockt, daß der Balkon ihres Zimmers nach hinten hinaus ging, daß Rosie ihr abends vorlas, sich um sie kümmerte und sie viele selbsterfundene Spiele spielten. Eines war ein Würfelspiel, bei dem sie ein altes Mensch-ärgere-dich-nicht-Brett um Felder am Rand erweiterten, wozu sie es auf den

Boden legten, wo mehr Platz war. Manchmal suchten sie sich auch ein Wort aus und zählten, wie oft sie es am Tag gebrauchten. Sarah fand es wunderbar, daß Rosie immer verlor.

Nichts als die Arbeit verband ihn mit dem verbarrikadierten Verrückten von Punta Gorda und den drei Frauen, aber je mehr ihn Rosie beschäftigte, desto mehr ärgerten ihn die Bemerkungen im Ort. Einer hatte Doghram in die Bank oder zur Post gehen sehen, ein anderer hatte ihn am Straßenrand getroffen, mit einem Büschel Baccharískraut in der Hand, und weil er im Sommer wie im Winter dieselbe Weste trug, hieß es, sein Vermögen gehe zur Neige. Aber keiner wußte, was er tat. Doghram grüßte die Nachbarn und war freundlich, wenn man ihn ansprach. Arturo hatte ihn gefragt, ob man stärker bewässern müsse, doch die hellen Augen und seine Haltung offenbarten nichts Außergewöhnliches. Arturo wußte, daß er klassische Musik hörte, denn sie war durch ein Fenster gedrungen, in dessen Nähe er gearbeitet hatte, und wenn man ihm nicht erzählt hätte, daß er sich mit den Lebensmitteln monatlich Whiskyflaschen bringen ließ, hätte er ihn für einen Abstinenzler gehalten.

Das war er. Arturo erfuhr es, als Rosie ihn schließlich in das kleine Elend der Doghrams einweihte. Eine allzu gewöhnliche Geschichte, die jedoch ihrer aller Leben umstürzte, als Brenda beichtete, daß sie sich von einem Jungen hatte verführen lassen, der zweimal in der Woche ins Haus kam, um sich auf seine Englischprüfungen vorzubereiten. Ein Jahr lang hatten sie eine Affäre, und aus unerfindlichem Grund zwang sie sich dazu, es eines Abends zu erzählen, als Doghram früher als üblich und in bester Stimmung nach Hause gekommen war.

Sie lebten in Buenos Aires, im Vorort La Lucila, nah am Fluß in einem Haus, das allen Ansprüchen gerecht wurde, die Geld erfüllen kann, so daß sich nur das Glück einstellen mußte, und doch wurde das Haus über Nacht unbewohnbar. Die Teller standen noch auf dem Tisch, ebenso die Schüssel mit den unberührten Äpfeln, als Brenda die beiden Mädchen ins Bett schickte, in der Hand eine zerknüllte Serviette. Am nächsten Tag war alles an seinem Platz, und doch tauchte das Echo der wenigen Worte, die Rosie aufgeschnappt hatte, die Möbel, Bilder und Zimmer in eine abweisende Gleichgültigkeit, als gehörten sie ihnen nicht länger.

Thomas zog in ein Hotel, verließ das Automobilwerk, das ihn nach Buenos Aires gebracht hatte, verkaufte das Haus, legte sein bescheidenes Vermögen an, sperrte sie in Palmira ein und hielt besessen an seinem drückenden Schweigen fest. Sie nahmen an, daß er eine Idee, einen Plan hatte, etwas, was er ihnen eines Abends am Eßtisch offenbaren würde, aber was auch immer er sich ausgedacht haben mochte, versickerte mit den verstreichenden Tagen im Einrammen eines Zauns, dem Kauf von Pinien und Araukarien, dem Bau des Geräteschuppens. Er wich zusehends Brendas fragender Erwartung aus und setzte den Whisky für sie auf die monatliche Einkaufsliste.

Damals war Rosie sieben und Sarah fünf. Sie nahmen die Veränderung mit der Schicksalsergebenheit von Kindern hin und hielten noch enger zusammen, obwohl Sarah die Buchstaben, die Brenda ihr am Küchentisch einzuprägen versuchte, nicht unterscheiden konnte, ins Bett machte und ihr rechtes Lid nicht hob, es sei denn mit Hilfe eines Fingers. Die Symptome waren schon vorher aufgetreten, verschärften sich jedoch in Palmira, ohne daß Thomas oder Brenda etwas unternahmen.

Sarahs stagnierender Verstand zwang Brenda, sich den meisten ihrer Launen zu fügen, und obwohl sie mit fünfundzwanzig noch angekleidet werden wollte, sich selten kämmen ließ und manchmal mit einem Arm baumelte wie ein Affe, versicherte Rosie, Sarah sei listiger geworden, als Mutter oder Vater annähmen. All das erzählte sie Arturo, nachdem sie sich davon überzeugt hatte, daß er Sarah nicht mißbrauchen würde, da er es an jenem Abend nicht getan hatte, als sie auf einmal im Geräteschuppen stand, ihr Mund mit Lippenstift verschmiert, ein Auge glühend vor Lüsternheit, das andere kalt wie Stahl. Damals hatte Sarah ihn im Schutz des Halbdunkels angelächelt und sich die Bluse aufgeknöpft, aber er stellte seine Schößlinge neben die Tür und ging fort, ohne zu wissen, daß Rosie ihn vom Balkon ihres Zimmers aus beobachtete und daß sich der alte Rodríguez früher mit Sarah im Schuppen eingeschlossen hatte, um all das zu tun, was ein Gärtner und eine Schwachsinnige der Alters- und der Geistesschwäche abringen konnten, bis Doghram sie eines Tages entdeckte und ihm fast die Seele aus dem Leib prügelte.

Im Ort erfuhr man nichts davon, denn der Alte hatte gesagt, er sei vom Fahrrad gefallen. Er erholte sich nicht mehr und starb wenige Wochen, nachdem Doghram die Hunde gekauft hatte. Als Arturo vom Hotelwirt erfuhr, daß der Engländer eine neue Arbeitskraft suchte, und bei Doghram vorsprach, schob er die bohrende Frage, ob er verheiratet sei, auf dessen Sorge wegen der Sozialabgaben. Er wollte es schon abstreiten, obwohl ihn mit Irma nur noch das Warten darauf verband, daß sie mit ihren Kindern nach Durazno zurückzog, und als sie es tatsächlich tat, war es nicht der Mühe wert, Bescheid zu sagen.

Rosies Worte gaben den Doggen einen Sinn und erklärten die Suche nach einem verheirateten Gärtner, aber während das eine sich erhellte, wurde anderes undurchsichtiger, und bevor Arturo sich über die Gründe im klaren war, spähte er im Garten umher, voll Angst, man könnte sie entdecken. Die Linde war zwar weit genug von den Hunden entfernt, damit sie nicht bellten, jedoch der Wahrscheinlichkeit preisgegeben, daß Doghram auftauchte, der nicht nur entschlossen war, sich kein drittes Mal beleidigen zu lassen, sondern auch sich, seine Frau und seine Töchter gegen die verdorbenen Zeitläufte abschotten wollte. Er duldete es, daß Brenda und Sarah sich Arturo näherten, aber Rosie war das Juwel in seiner Hand. Er hatte sie umhegt und zu seinem späteren Trost aufgezogen und wollte befriedigt sterben.

Rosie erzählte, daß sie viele Stunden mit ihm verbrachte, sich immer wieder dieselben Geschichten aus seiner Kindheit und Jugend anhören mußte und – das Schlimmste von allem – dieselben Witze. Das Familiengedächtnis sollte auf sie übergehen, und im Laufe der Jahre wiederholte er weitschweifige Anekdoten über seine Eltern und Großeltern, die Rosie nie kennengelernt hatte: über den Leberfleck seiner Mutter am Halsansatz, über den Tag, an dem Onkel Edward mit einem Aeroplan geflogen war, über die Kunstfertigkeit, mit der seine Großmutter Orangenkuchen backte. Rosie wußte, daß die Glühbirne im Eßzimmer gerade durchgebrannt war, als Dedi durchnäßt vom Regen hereinkam und mit Peter zusammenstieß, der in die Küche ging, um sich ein Glas Wasser zu holen. Jahr um Jahr hatte sie sich die Geschichte angehört, nach einer neuen Erkenntnis gesucht und sei es über Dedis Hut, aber so sehr sie auch in Thomas drang, sie erriet nicht, weshalb er sie ihr nun, in fortgeschrittenem Alter, unbedingt erzählen mußte, ohne kaum je ein Detail zu ändern, immer im gleichen Ton.

Das war nicht die einzige Geschichte. Es gab Hunderte ähnlicher, deren Protagonisten die Großeltern Dedi und William, die Eltern Glenda und Peter, die Söhne Albert und Thomas waren, aber Albert kam selten in den Erzählungen vor, und sie kannte mehr Geschichten über Onkel Edward und seine Familie als über den älteren Bruder ihres Vaters. Rosie war mit ihnen aufgewachsen, kannte ihre Kleidung, sogar die Farbe ihrer Schuhe, die Art, wie sie zu Bett gingen, ihren Lieblingsnachtisch. Während allzu vieler Tage hatte sie sich vorgestellt, wie sie wegen Kleinigkeiten stritten, zur Arbeit gingen, kochten, strickten, sich an den Tisch setzten, aus dem Kino kamen und schließlich auf dem Totenbett lagen, und dabei wußte sie nicht das geringste über ihr Leben. Wenn sie genug davon hatte, mit ihnen zu spielen und die Fotos in der Schachtel mit dem roten Deckel und dem blauen Band anzuschauen, begriff sie, wie sinnlos es war, daß Thomas die Hände rang und die Stirn runzelte, während er sich zu erinnern versuchte, ob es nun Huhn oder Schwein gegeben hatte, als Glenda ohnmächtig geworden war.

Eines Tages erzählte ihr Thomas, daß sie nach Kriegsbeginn in die Schweiz emigriert waren. Da sah Rosie zum erstenmal den Anflug eines betretenen Lächelns bei ihm, und sie ahnte, daß ganz andere Ereignisse die kleine Welt dieser Menschen umgaben, mit denen sie in ihrer Kindheit gespielt und die sie am Ende hassen gelernt hatte. Mit der Zeit erfuhr sie, daß Albert an der Front in Griechenland gefallen war, und kurz darauf, daß ihr Großvater Peter im Ersten Weltkrieg gekämpft hatte. Aber viel weiter drang sie nicht vor. Sah man von ein paar Andeutungen im Telegrammstil ab, schwieg Thomas darüber und kam auf seine faden Anekdoten zurück. Er erinnerte sich nur an das Häusliche, Banale, und Rosie brauchte lange, bis ihr endlich klar wurde, daß diese Erinnerungen gesammelte Schätze in einem Minenfeld waren.

Fast ihre ganze Kindheit über hatte Thomas sie abends ins Bett gebracht und ihr eine Zeitlang dort auch das Frühstück serviert, Liebesdienste, die ihr unerträglich waren. Sie hätten Brenda gelten müssen, der sie nicht verzieh, daß sie so rücksichtslos ihre Affäre gebeichtet hatte. Sie war bereits Vergangenheit gewesen. Es hätte andere Wege gegeben, darüber hinwegzukommen. Rosie verstand, daß ihre Mutter empfänglich für die Avancen eines Jungen gewesen war, der von Hormonen, Verwegenheit und dem Drang strotzte, gegen ihre Schwermut anzustürmen, verstand jedoch nicht, wie sie so dumm hatte sein können, zu glauben, es sei mit einer Beichte aus der Welt zu schaffen. Sie war nicht nur egoistisch gewesen, sie hatte das Leben der anderen in Mitleidenschaft gezogen. Das hatte sie ihr auf vielerlei Weise gesagt, aber Brenda wollte es nicht hören. Sie hatte bloß Ohren für Sarah.

Rosie erinnerte sich nur vage an den Jungen, hochgewachsen, ungepflegt, kaum bemüht, sich mit den beiden Mädchen aufzuhalten, bevor ihre Mutter sie hinauswarf, um mit dem Unterricht zu beginnen. Eines Nachmittags ließ Brenda ihn ins Zimmer kommen, während sie sich noch ankleidete. Rosie hatte das wirre Haar über seinen kleinen, dunklen Augen gemustert, die langen, trägen Hände, und da er nichts weiter tat, als das Gummiband der Mappe auf seinen Knien schnalzen zu lassen, verlor sie das Interesse und ging hinaus. Er hieß Roberto, aber Sarah nannte ihn beharrlich ›Frettchen‹ und schien den Namen mit etwas Grauenerregendem verknüpfen zu wollen, denn sie glaubte, daß er die Vögel im Garten verschlang. Vergeblich hatte Rosie ihr die Flinte im Schrank unter der Treppe gezeigt, die Laterne, die Munition, hatte sie eines Nachts aufgeweckt und zum Fenster geführt, damit sie sah, wie der Lichtkegel unter den Baumwipfeln voran kroch, damit sie den dumpfen Schalldämpferschuß hörte, die rennenden Doggen. Ihr Vater sprach nicht darüber, das Zusehen machte auch für Rosie die Szene grauenerregend, und Sarah bestand weiterhin darauf, daß er den Räuber verscheuchte. Sie sagte ›Räuber‹ und ›Frettchen‹, manchmal mit verzerrtem Gesicht, manchmal mit hochgezogener Augenbraue, als machte sie sich über Brenda, Thomas und sich selbst lustig.

Den Sommer über schützte die Linde Rosies Stimme, die sich überschwenglich im Schattenkegel des Baums ergoß, während er die Vögel hin und her schaufelte, nur um diese Minuten in die Länge zu ziehen, die vor ihrem unerlaubten Übermaß erschraken. Er war sich nicht sicher, was er wirklich verstand, aber jedesmal, wenn er das Tor hinter sich schloß und ins Städtchen zurückkehrte, wuchsen Rosies Gebärden und Worte in immer größeren konzentrischen Kreisen um seine leeren Stunden. Was hatten sie miteinander gemein? Den kleinen Friedhof, den Schatten der Linde, ein paar tote Vögel.«

»Nichts. Rein gar nichts.«

»Und doch hatte sie, bevor sich diese drei Dinge verbanden, ihre Unruhe zu verbergen versucht, indem sie ihn bat, mit Sarah nicht über die Vögel zu sprechen. Und da war ihre Beklemmung angesichts seiner unerwarteten Frage und die Unbeholfenheit, mit der sie ihm in ihrer Bedrängnis den Friedhof gezeigt hatte. Damals dachte sie daran, zurückzugehen und diesen Fehler wiedergutzumachen. Aber sie beschloß abzuwarten, befangener, als sie gedacht hätte, in dieser Angelegenheit, die keinerlei Bedeutung für ihn haben konnte, sie jedoch ängstlich seine Bewegungen beobachten ließ.

Einmal hatte sie gesehen, wie Rodríguez um die Linde schlich, und es ihm so scharf verboten, daß der Alte sie fortan nicht mehr gegrüßt hatte. Sie konnte sich nicht erklären, was Arturo antrieb, weshalb er das Törchen so behutsam anhob, damit das brüchige Drahtscharnier nicht riß, weshalb er alles so verständig und neugierig musterte, zur Schubkarre zurückging und die Vögel begrub.

Aus den Gesprächen zwischen ihrer Mutter und Sarah hatte sie erfahren, daß er im Viertel Golondrinas lebte, am anderen Ende des Ortes, und sich einen alten Chevrolet herrichtete, den er kürzlich gekauft hatte. Brenda sagte, seine Zähne seien gut und seine Bemerkungen geistreicher, als zu erwarten gewesen sei. Rosie waren seine kräftigen Fingerknöchel aufgefallen, und sie hätte niemals den ersten Schritt gewagt, wenn Arturo sie nicht eines Nachmittags herbeigewinkt hätte, als er mit etwas beschäftigt war, was sie nicht sehen konnte. Er bat sie um Erlaubnis, den verfaulten Pfosten am Törchen auszuwechseln. Da es ihm ihrer Meinung nach nicht zustand, Änderungen einzuführen, der neue Pfosten jedoch hübscher war, schwenkte sie am nächsten Tag das befestigte Tor in den neuen Angeln mit dem Gefühl, daß sie es nicht brauchte und gerade jemandem etwas schuldig geworden war.

Und doch suchte sie nicht aus Dankbarkeit einen Vorwand, um das Haus gegen vier Uhr nachmittags zu verlassen, wenn die Sonne immer noch hoch am Himmel stand und die Fenstergitter das Halbdunkel der Zimmer schützten. Ihr schien, sie könne da etwas lernen, was sie sich nicht aus den Büchern der Volksbücherei Jacinto Laguna holen mußte, einem alten Gebäude im Zentrum von Palmira, das über der Tür ein Relief mit einem Buch, einer Sichel und einer Sonne zeigte und dessen Inneres eine Galerie aus glänzendem Holz mit Balustrade zur Schau stellte, mit reichbestückten Regalen und einer knarrenden Treppe, die Virginia hinaufging, um ihre Bestellung zu holen, nachdem sie ihr die eine oder andere Neuigkeit von ihrer Familie entlockt hatte. Einmal im Monat brachte Rosie vier umfangreiche Romane aus dem Ort nach Hause, die sie nach der Seitenanzahl auswählte und in Tagesrationen einteilte wie die Matrosen das Süßwasser in den Fässern. Sie war der Bibliothekarin gegenüber wortkarg, schaute sich aber gern ihre Kleidung an, ihren Modeschmuck, die Ohrringe und Armbänder, sog den Geruch des alten Papiers ein, der diese vorsichtigen Gespräche umgab.

Die Vorsicht, die sie Virginia gegenüber wahrte, verflog unter der Linde. Sie ertappte sich dabei, daß sie über Dinge sprach, die sie noch niemandem erzählt hatte, und das erregte und erschöpfte sie, erfüllte sie mit einem bisher unerreichten Maß an Scham und Erleichterung, als bekäme ihr Leben eine andere Dimension, nur weil sie wußte, daß Arturo sich dafür interessierte, und weil sie seinem Schweigen einen ungeahnten, unbequemen und womöglich dringlichen Trost abrang. Seinem Schweigen und der Unrast seiner Augen, seinen starken, bedächtigen Händen, etwas Unbestimmtem, was Arturo gegen seinen Willen preisgab und was ihr, wie sie glaubte, erstmals an dem Abend aufgefallen war, an dem sie ihn aus dem Schuppen hatte fliehen sehen. Sie hatte erwartet, er würde das gleiche Schicksal wie all die Rodríguez erleiden, die eine Gelegenheit nicht ungenutzt verstreichen ließen, aber sie sah, wie er in Richtung Feigenbaum davonging, und ein unverhofftes Vertrauen heftete sich an den grünen, verschwitzten Hemdrücken, kaum mehr als ein großer Fleck im letzten Tageslicht, der sich im Garten entfernte und nicht nur eine Entscheidung mitnahm, sondern auch all das, was er nicht über sich brachte. Daraufhin erzählte sie ihm die ganze Geschichte, benommen von der Erregung, mit der sie diese Treffen im Schatten erwartete, nicht mehr als fünf, zehn nervöse Minuten, während deren sie um den Zaun ging oder sich auf das Törchen stützte, ihm zusah, wie er grub, einen Vogel nahm, ihn zuschüttete, wieder grub, den nächsten Vogel holte, und mit einem Mal sprudelte alles aus ihr heraus, was ihr in den Kopf kam, auch wenn es nur darum ging, den Worten zu lauschen, die ihren

Mund verließen, ihre Macht zu ermessen, Arturos Fragen zu hören, das Timbre seiner Stimme, mit einer Kühnheit, die ungeahnte Empfindungen in ihr weckte.

Nichts davon erzählte sie Sarah, und diese fragte nicht, stickte Blumen auf zwei alte Kissen, die ihr Brenda gegeben hatte und die sie tagelang beschäftigt hielten, inmitten der bunten Fäden, Nähkästchen, Nadeln und Flicken, mit denen sie größere Flächen bedeckte, zunächst begeistert, dann schwer atmend vor Anstrengung, wenn sie die mangelhaften Nähte ausbesserte, bis Rosie eines Nachts, als sie ins Zimmer hinaufging, eine Gartenschere auf ihrem Bett fand. Sie trug sie in den Geräteschuppen zurück, doch in der folgenden Nacht lag sie wieder auf dem Kopfkissen, und während der nächsten zwei, drei Tage, an denen die Schere zwischen Schuppen und Haus hin und her wanderte, sprach Sarah kein Wort mit ihr. Wenn Rosie nachts hinaufging, lag sie bei brennendem Licht im Bett und kehrte ihr den Rücken mit dieser gefürchteten Apathie zu, mit der sie seit ihren ersten Lebensjahren in Starre verfiel, bis sie dann anfing, sich ins Gesicht zu schlagen, zu kreischen und sich mit allem zu verletzen, was ihr unterkam. Ein Kamm, ein Spiegel, ein Gefäß, was immer ihr in die fuchtelnden Hände fiel, ob stumpf oder schneidend, weich oder hart, jedoch stets auf ihren Kopf, ihr Gesicht, ihre Augen gerichtet. Dann gelang es den dreien nur mit vereinten Kräften, ihre Arme festzuhalten, die Beine mit Riemen zusammenzubinden, ihre Zunge zu retten. Von klein auf forderte sie Verzicht. Der Verzicht war ihr Pakt mit der Familie. Auf diese Art hatte sie verhindert, daß Brenda nach Buenos Aires fuhr, hatte erreicht, daß sie mit den Fingern essen durfte, sofern sie es abseits tat, und daß Thomas Rosie Bücher aus der Bibliothek holen ließ. Das war sie ihrer Schwester schuldig gewesen. Wie auch andere Vorrechte, die sie sich mit diesem Frontalschweigen erkämpfte, das niemals auf andere Weise gebrochen wurde und das sich schließlich auf eine Art entlud, die noch lange nachdem es in Gerenne, Gefuchtel und Hilfeschreien aufgegangen war, das Haus mit einer seltsamen Mattigkeit tränkte, als wiese es seine Bewohner zurück und als könnte nur Thomas' Bemühen, die Familie zusammenzuhalten, sie nach und nach wieder mit den Möbeln, den Zimmern, den Korridoren versöhnen.

In der dritten Nacht wußte Rosie, daß sie nur eines noch aufhalten würde. Sie setzte sich neben sie, sagte, es sei dumm von ihr gewesen, und versprach, ihn nicht wiederzusehen. Sarah rührte sich nicht. Sie ließ sich den Kopf streicheln, als einziges Zeichen öffnete und schloß sich ihre Faust auf der Bettdecke, und sie antwortete nicht auf den Gutenachtgruß, als Rosie das Licht im Zimmer löschte. Am Morgen stand sie neben Rosies Bett, mit der Haarbürste in der Hand.«

»Sie hat sicher aufgeatmet.«

»Sie war dankbar, sie wieder kämmen zu dürfen, sie über die Stickkissen jammern zu hören, dankbar, daß sie beide wieder zu ihren Spielen und Trödeleien zurückfanden, die sie immer verspätet beim Frühstück unten erscheinen ließen, aber niemals waren ihr die Ölweiden und Platanen dichter erschienen als jetzt, da sie ihr vom Zimmerfenster aus den Blick auf die hintere Gartenecke versperrten. Ein grünes, buschiges Laubwerk, an dem ihre Augen sich vergebens abmühten.«

»Und er, was hat er getan?«

»Er strich mit Schubkarre und Vögeln umher, als hätte er sich verirrt.«

»Und das hatte er. Bestimmt hat er gedacht, daß der Vater sie beide gesehen und Rosie eingesperrt hatte.«

»Oder daß er nichts von seinem Vorleben in Buenos Aires hätte erzählen sollen.«

»Eine Frau.«

»Aber er hatte sie kaum einmal erwähnt.«

»Warten Sie. Schon zu Beginn sind Sie vom Thema abgekommen. Erzählen Sie von ihr.«

»Von Rosie?«

»Nun lassen Sie doch die Engländerinnen«, sagte Ema und trennte die letzte Reihe auf. »Erzählen Sie mir von Camboya.«

Drei

»Sie hatte die Nacht in einer Hütte in Flußnähe verbracht. Seit zwei Tagen hatte sie nicht mehr geschlafen, und ihr Kopf war ein wirres Knäuel, verständlich bei einem Mädchen, das Fensterläden aufbrechen, Kerzen anzünden, Spinnen erschlagen und eine brauchbare Matratze finden mußte, auf der sie ausruhen konnte.

Sie hatte Montevideo in einem Bus verlassen und sich nach der Mautstelle an den Straßenrand gestellt, in der Hoffnung, mit jedem zurückgelegten Kilometer klarer denken zu können, aber das war nicht geschehen. Etwas klemmte in ihrem Kopf. Er konnte kaum den Füßen gehorchen, die ›weiter‹, ›weiter‹ verlangten, immer weiter voran.

Vor sich sah sie öde Felder, kleine Dörfer und bedeckten Himmel, einen endlosen Raum, in den sie eintauchte wie in Trance und stumm, sah man von den wenigen Worten ab, die sie mit den Fahrern wechselte, die sie mitnahmen, während Bäume, Häuser und Rinder in die entgegengesetzte Richtung zogen. So hatte sie Dallas erreicht, in einem Lastwagen, der sie abgesetzt hatte, bevor er in einen Feldweg gebogen war, und mit dem gleichen Gefühl tauber Verlorenheit war sie in den Chevrolet gestiegen, hatte benommen den eingesteckten Apfel gegessen, entfernte sich weiter und weiter, bis die Schatten im Kerzenlicht, die Kälte und das Meeresrauschen sich unausweichlich in den Vordergrund schoben, sie das Holz knarren, ein Fenster klappen hörte.

Nicht zu ändern. Camboya sagte immer ›nicht zu ändern‹, wenn sie keinen Trost fand. Ihre Freundinnen nannten sie die Nicht-zu-Ändernde, weil sie oft ihrer Enttäuschung auf diese Weise Ausdruck gab, und fast immer klang es idiotisch. Nicht zu ändern. Einmal wiederholte sie es so oft an einem Tag, daß die Eltern ihr eine Predigt über die Standhaftigkeit hielten. Ihr Vater, der sich damit brüsten konnte, führte das Wort, und die Mutter steuerte kleine Kommentare bei, zufrieden, an einem Strang mit ihm zu ziehen. Beide waren so stolz auf sich, daß Camboya angesichts dieser erdrückenden Mehrheit nur schweigen konnte, und als sie gerade vom Tisch aufstehen wollte, klingelte das Telefon, und sie erfuhren, daß soeben die Großmutter gestorben war.

Pola war vierundachtzig, hatte einen Pudel namens Bobo und ein gewaltiges, einsames Bett, in das sie sich für eine weitere Nacht neben Rosenkranz, Radio und einem Glas Wasser schlafen gelegt hatte, ohne jedoch die Wohnungstür zu schließen, und die offene Tür war den Nachbarn aufgefallen. Camboya war damals dreizehn, und hätte ihr jemand gesagt, Pola werde sterben, sie hätte es nicht geglaubt. Für sie gab es kein Leben ohne die magnetische Anziehungskraft ihres üppigen, gebeugten Leibs, ihres maskulinen Gesichts – obwohl sie Fotos gesehen hatte, auf denen sie jung und hübsch war –, ohne ihre Energie, redselig und reaktionär, wie ihr Vater immer sagte, wenn er mit ihr stritt. Das geschah oft, als Abzahlung der zehn Jahre, zwei Monate und fünf Tage, die sie sich gegenseitig schuldeten, weil sie sich anscheinend während dieser Zeit der Pakete, Briefe und kurzen Besuche im Gefängnis, über die Mutter und Sohn in Verbindung geblieben waren, nur wenig gestritten hatten und entweder aus allzu nichtigen Gründen wie zu scharf gewürzten Fleischpasteten oder aus allzu dringlichen wie dem Geld für Alejandro, den Bruder in Spanien, und was Pola bei der Suche nach ihrer Ältesten unternahm oder unterließ.

Pola hatte drei leichtfertige, dumme Kinder, wie sie immer klagte, aber eine prächtige Enkelin. Sie liebte Camboya, und Camboya liebte es, die Nachmittage mit ihr zu verbringen, über ihre gruseligen Geschichten zu lachen und zu erschrecken, ihr zuzusehen, wie sie das Haus gleich einem Obersten regierte, dem die Soldaten abhanden gekommen waren, der aber noch über genügend Tatkraft verfügte, um Bobo, sie und Magdalena als jämmerlichen Ersatz zu akzeptieren, wobei Magdalena, die Frau, die ihr fünf Tage in der Woche im Haus half, die schwerste Last zu tragen hatte. Pola sagte, sie sei ganz offensichtlich zu dämlich für alles außer Schwangerwerden und Putzen und sie beschäftige sie nur deshalb, damit ihr größeres Unglück erspart bleibe, was auch mit einschloß, daß sie ihr Verhütungsmittel kaufte, die Einnahme kontrollierte, den Zahnarzt für ihre Kinder bezahlte und ihren Einfluß geltend machte, damit ihr kränklicher Mann in ärztliche Behandlung kam. Polas Mann war in der schlimmsten Zeit gestorben, ganz zu Anfang, als sich Trauben vor den Kasernen bildeten und sie Ernesto hinter den Mauern der Regimenter suchten, wo sie sich vor dem Schilderhaus mit anderen Angehörigen darum schlugen, eingelassen zu werden, und wo ihnen Soldaten, die ihre Söhne hätten sein können, den Zutritt verweigerten. Camboya hatte ihn nicht kennengelernt, wußte jedoch, daß er mit anderen Anarchisten in den dreißiger Jahren von Argentinien nach Montevideo geflohen war und daß Pola ihn geliebt hatte, auch wenn sie oft sein Bild zur Wand drehte und ihn für das Unglück der Familie verantwortlich machte.

Während all der Jahre hatte Camboya so sehr an ihrer Großmutter gehangen, daß sie bei ihrem Tod eine schmerzliche Scham empfand, als hätte Pola einen losen Faden ihrer

Kindheit aufgeräufelt und sie nackt zurückgelassen. So wirr es auch in ihrem Kopf aussah, sie zweifelte nicht, daß sie bei ihr Hilfe gesucht hätte, wenn sie noch am Leben gewesen wäre. Mit diesem bitteren Gedanken beschloß sie zu schlafen, und nachdem sie überprüft hatte, ob das Fenster fest geschlossen war, ob kein Schatten um die Matratze kroch und die Kerzen nicht zu nah standen, holte sie einen Marihuanablock aus der Jackentasche, drehte sich einen Joint und flehte so oft um Schlaf, wie sie daran zog.

Als sie am späten Vormittag aufwachte, steif vor Kälte und mit ihrer Tasche über den Füßen, existierten ihre Probleme nicht mehr. Sie wußte nicht, wo sie war, und hatte keine Geschichte, bis sie sich an die große Tafel im Lehrerkollegium erinnerte, an die Vorhänge ihres Zimmers, das erschrockene Gesicht Orlandos, aber so, als gehörten die Bilder verschiedenen Personen und verbänden sich nur durch die Laune eines Traums. Sie öffnete und schloß mehrmals die Lider, bevor sie sich auf den Gedanken einließ, daß ihr Handy jetzt von SMS überquoll und sein unablässiges Klingeln im Gras des Straßengrabens inzwischen die Batterie erschöpft hatte, daß in diesem Moment ihre Mutter sicher ihr Zimmer auf der Suche nach einer Spur durchwühlte und ihr Vater, noch bevor er erfahren hätte, daß sie geflohen und außerhalb seiner Reichweite war, die Worte am liebsten wieder hinuntergeschluckt hätte, die sie an der Haustür beinahe hatten zusammenbrechen lassen. Ihr war, als hätte deren Echo sie die ganze Nacht über verfolgt, und sie wußte, daß sie noch mehr Kilometer dazwischenschieben mußte, damit sie verstummten, dann erst würde sie in der Lage sein, ihr Leben einzurenken, das sich in eine Katastrophe verwandelt hatte.

Wenn sie kurz darauf den Strand entlangstapfte, in einem Paar zu großer Stiefel, das sie in der Hütte gefunden hatte, zwar alt, aber genau richtig, um durch den Algenschaum am Ufer zu waten, dann nur, weil ihre Großmutter wieder einmal recht hatte mit ihren Worten: Wähle zwischen dem Tod und einem Problem. Mühelos fand sie den Wagen und erriet den Weg, den er genommen hatte. In der Ferne zeichnete sich die dünne Rauchsäule aus einem Kamin gegen den finsteren, schwarzblauen Sturmhimmel ab.

Während ihre Stiefelspitzen durch den Schaum pflügten, fühlte sie sich noch kleiner, noch unsicherer. Schaumflokken und Möwen flogen über den Strand, das Meer war angeschwollen, im Osten hingen feine Regenschleier zwischen wollartigen Ballungen, und kein Zeichen menschlicher Gegenwart machte den Ort, auf den sie zuging, eine Spur vertrauenerweckender. Es wirkte wie eines dieser Seestücke, die in Arztpraxen und Anwaltskanzleien hängen, wäre da nicht der Wind gewesen, der plötzlich abflauen konnte, als wäre die Luft sich unschlüssig über die eigenen Bewegungen und als teilte sie ihrem Körper die luftige Gewißheit mit, daß sie weit entfernt vom Unterricht im Institut war, wo sie sonst die Vormittage inmitten von Heften und Geschichtslehrern verbrachte, mit der Verheißung, zu ergründen, wie ein Affe sich aufgerichtet hatte und wie sich Uruguay nach einer Reihe belangloser Ereignisse in ein Land verwandelt, Onkel und Tante verfolgt und ihren Vater zehn lange Jahre lang eingesperrt hatte. Derlei Dinge und andere mehr, aber nicht, weshalb er ihr dieses Wort an den Kopf geworfen hatte. Zweimal.

Nach einem Jahr Arbeit in der Stadtverwaltung von Montevideo hatte sie keine Freude bei Ernesto erwartet, als sie die Stelle aufgab. Auch konnte sie seine Enttäuschung verstehen, daß sie am 20. Mai nicht dabeigewesen war, dem alljährlichen Treffen, das andere Gedenkmärsche für die Menschenrechte fortsetzte, bei denen sie von klein auf mitgelaufen war und ein Schild und das Foto ihrer Tante Cecilia hochgehalten hatte – zu Anfang mit übertriebenem Eifer, später mit Ernst, am Ende voll Überdruß –, ja sie verstand sogar, daß er gekränkt war, daß sie eines Tages nicht mehr Cecilia Asti hatte heißen wollen. Aber noch etwas anderes hatte in seiner Stimme mitgeschwungen, nicht nur Enttäuschung, etwas, was weniger zu akzeptieren war.«

»Sie hieß Cecilia?«

»Zwei Jahre nachdem ihre Großmutter gestorben war, an einem Nachmittag wie jedem anderen, hätte ihre Mutter ihr nicht ein Album mit den lächerlichsten Fotos ihrer Fünfzehnjahrfeier aufs Bett gelegt, verstand sie, daß das kindliche, geschminkte Gesicht, die übermütigen Posen mit Freunden, Eltern, Freunden ihrer Eltern und etlichen Verwandten Zeugnisse einer aufgegebenen Vertrautheit waren. Etwas, was zwischen ihr und den anderen nicht länger existierte, in den Fotos jedoch fortlebte, etwa der Stolz ihres Vaters, der sie auf den Schoß genommen hatte, die kindliche Begeisterung ihrer Mutter und all das, was die übrigen Gäste von ihr nicht wußten, eigentlich alles, außer daß sie den Namen ihrer toten Tante trug. Eine Abwesende, die um ihrer aller Leben strich, das Porträt im Eßzimmer, die Gespräche der Eltern und Familienfreunde, fast alles ehemalige Häftlinge, Aktivisten in einem Kampf, den sie vor so vielen Jahren verloren hatten, daß er für sie nur noch aus witzigen Anekdoten bestand, aus Ungenauigkeiten, die ein anderer korrigierte, aus entsetzlichen Ereignissen, die ohne Trauer erwähnt wurden, und mittendrin fiel früher oder später ihr Name, so daß sie erst nach ein paar Sekunden merkte, daß nicht von ihr die Rede war. Beim Zuhören hatte sie sich die verschiedensten Formen der Neugier, des Mißtrauens, der Unruhe zu eigen gemacht und Wörter aus einer Zeit erlernt, die die Männer mit angehenden Glatzen in ihren Jeans und Freizeitjacken mit fortwirkender Lässigkeit aufrechterhalten wollten. Anders die Frauen. Die Frauen rauchten, erinnerten sich an das lange, glatte Haar ihrer Tante, an ihre Zerstreutheit, ihre Grübchen, wenn sie lächelte. So oft hatte sie die Geschichte ihrer Verschleppung gehört, die ihr Vater mit Hilfe alter Genossen rekonstruiert hatte, die nun Beamte, Journalisten, Kleinunternehmer wie er waren und nicht so aussahen, als hätten sie jemals ein Papier auf die Straße geworfen, daß sie manchmal glaubte, Cecilia tatsächlich in der Ente die Avenida Libertador entlangfahren zu sehen, als wäre es eine eigene Erinnerung. Das war es nicht, konnte es nicht sein, sie hatte sich nur mit ihren Buntstiften in allzu großer Nähe solcher Gespräche aufgehalten, gebannt von den drei Silben, die voll Bewunderung und Schmerz wiederholt wurden und mit einem Stolz, der auch sie von Anfang an begleitete. Sie sah es am Schwung ihrer beider Nasen, die sich ähnelten, aber vor allem am Hochmut, den die Kamera in verschiedenen Händen eingefangen hatte, sah es an ihrem Bemühen, in Jeans und Hemd Cecilias lächerliches langes Kleid zu revidieren, in dem sie mit jedem hatte Walzer tanzen müssen, der sie aufforderte – von Pola, die ihr die Fotos zeigte, wußte sie, wie schwer es gewesen war, sie zu diesem Ball zu überreden –, wohingegen sie auf einer Sessellehne saß und Bier trank, einen Fuß auf die Schulter eines Freundes gestützt, der halb aufgerichtet auf dem Boden lag, und doch litten beide Cecilias unter der Gewißheit, daß sie nur das erfüllten, was die anderen von ihnen erwarteten. Sie hatte dieses Spiel satt, hatte es satt, ihren Namen zu besetzen, ihr ihren Platz abzutreten, mit ihr auskommen zu müssen, so daß sie das Album zuschlug, zum Globus auf ihrem Schreibtisch ging, ihn drehte, die Augen schloß und blind mit dem Finger darauf tippte. Hätte sie Dänemark statt Kambodscha getroffen, sie hätte sich ›Dinamarca‹, nicht ›Camboya‹ genannt.

Bevor sie wußte, warum und wozu, war der Pakt gebrochen, war sie von etwas ohne Familiengeschichte gerufen worden, was schließlich eine Kluft zwischen ihr und allem, was sie umgab, aufriß. Von da an kämpfte sie ihren Privatkrieg, damit man sie Camboya nannte, aber während sie den Widerstand der Mutter und den noch heftigeren des Vaters allmählich überwand, lebte sie nicht etwa neu auf unter einem neuen Namen, sondern vergrößerte nur die Kluft. Sie hatte das Verheimlichen, das Lügen gelernt, mehr schien ihre Intelligenz nicht herzugeben. Eine Art, ihre Einsamkeit zu schützen oder das, was sie denen, die sie liebten, nicht zeigen konnte. Ernestos zweiter Schrei schien, wie sie heraushörte, weniger einen Verrat zu meinen, als daß sie etwas verleugnete. Denn wenn ihr Vater auch nicht die geringste Vorstellung davon hatte, was mit ihr geschah, summierte sich für ihn die Kündigung ihrer Stelle doch mit anderen Enttäuschungen, die sie zu einem Affront für jemanden machte, der allzuviel für seine Ideen geopfert hatte – sein Studium der Wirtschaftswissenschaften, die Freundin, die er hatte heiraten wollen, die Jugendjahre – und der später das Elend der Haft überlebt und schließlich ein neues Leben angefangen hatte, als ihm bereits Frische und Naivität abhanden gekommen waren. Der Rechtschaffenheit einer solchen Anstrengung hatte sie nichts Vergleichbares entgegenzusetzen. Aber Ernesto hatte ihr vorgeworfen, daß sie ihren eigenen Bedürfnissen den Rücken kehrte, und das war falsch. Er, der die Folter, den Tod des Vaters, das Verschwinden der Schwester, die Zerstörung seiner Familie hatte erleben müssen, konnte es nicht ertragen, daß seine Tochter den Preis ignorierte, den er gezahlt hatte. Auch die Welt hatte ihn dafür zu entschädigen, andernfalls war er bloß am falschen Ort zur falschen Zeit gewesen und hatte Pech gehabt. Doch gerade das konnte er sich nicht eingestehen, die Ungeschicklichkeit, daß er ausgerechnet in dem Moment ›Nieder mit der Diktatur!‹ an die Mauer gemalt hatte, als eine Streife um die Ecke bog, die bestimmt den Tip bekommen hatte, daß drei junge bärtige Männer mit einem Eimer am frühen Morgen etwas Dummes anstellen würden. Ebenso seinen Ellbogenstoß, als man ihm gerade den Kopf in eine Wanne mit Scheiße tauchen wollte, der einen Obersten so unglücklich traf, daß er ihm ein Auge ausschlug, und den er in seiner Aussage vor dem Militärgericht vergeblich als das ›Versehen‹ beschwor, das er tatsächlich gewesen war. Er mußte sich einfach allzu selbstsicher geben, denn er hatte keinen anderen Weg gefunden, sich zu bemitleiden, und deshalb war sein Gesicht so verzerrt vor Wut gewesen, vor Scham, vor all dem, was sie zu verleugnen schien, während er doch keine Ahnung hatte, was in ihr vorging. Nicht einmal von dem Grund, der sie gezwungen hatte, seine Ersparnisse zu stehlen.«

»Himmel, was sagen Sie da?«

»Eine Woche, bevor sie in der Stadtverwaltung anfing, hatte Camboya ihre Beziehung zu einem Studienfreund namens Orlando beendet, ein sommersprossiger, schüchterner Junge, unerträglich gutmütig, mit dem sie fast ein Jahr gegangen war, seit ihre Mutter sie eines Nachmittags in ihrem Zimmer beim Küssen überrascht hatte. Sie war verärgert gewesen, weil sie ihr nichts von ihm erzählt hatte, und gab ihr eine Reihe von Ratschlägen in puncto Kondome, Aids und Schwangerschaft, ohne zu ahnen, daß sie bereits vor zwei Jahren ihre Jungfräulichkeit an den Sohn ihrer Kusine Marita verloren hatte, beim Geburtstag von Großmutter Chela in einem Club in Carrasco. Für ihre Mutter Claudia war die Neuigkeit so aufregend, daß sie sich noch mehr für Orlando begeisterte als sie selbst. Die Beziehung entwickelte sich schlingernd, da waren die mütterlichen Einladungen zum Abendessen oder zu einer Schachpartie mit dem Vater und Orlandos vorzeitige Ejakulationen, neben wunderschönen Nächten inmitten von Platten, Büchern und Joints, und es war schmeichelhaft, begehrt zu werden, manchmal bis zur Erschöpfung. Orlando lebte mit seinem Vater und einem älteren Bruder nur ein paar Straßen weiter, so daß sie viel Zeit zusammen verbringen konnten. Camboya mochte seine Schwermut und die Leidenschaft, mit der er Engel zeichnete. Hunderte von Engelskizzen mit dem Gesicht der vor Jahren gestorbenen Mutter, dem von Nachbarn, Freunden, Lehrern. Er verwandelte die Menschen in Engel, manche sinnlich, manche unschuldig, jung oder alt, einige waren wie Raubvögel, andere sogar unheilverkündend. Seine Kohlezeichnungen waren vorzüglich, und sie drängte ihn oft, er solle Kunst studieren. Orlando schenkte ihr mehrere Porträts, auf denen sie so wundervoll wirkte, wie sie sich selbst nie sah. Und doch war für Camboya auch etwas Unmäßiges an dieser Neigung, die ihn so viele Stunden in sein Dachzimmer verbannte und zugleich Kompensation und Ausdruck seiner Schüchternheit war.

Wie auch immer, die Bewunderung verflog über ihren Bemühungen, Orlando in seiner Einsamkeit zu begleiten, und über recht häufigen Eifersuchtsszenen, bei denen er allzu heftig wurde. Seine Besitzansprüche ließen sie Distanz suchen, die Distanz verstärkte seine Klagen, und sie bekam Angst, jemandes Gefangene zu werden, den sie nicht verstand. Sie verbot ihrer Mutter, mit ihm zu reden, wenn er anrief, und verlegte den Geschichtsunterricht auf den Abend, weil sie von nun an im Rathaus arbeitete, einem Gebäude mit endlosen Korridoren, Stockwerken und Türen, die sich auf andere Türen öffneten, hinter denen sich riesige Räume auftaten, überfüllt von Menschen und Bürozellen zwischen alten Stellwänden, verbunden von trüben Gängen, die entweder aus dem Labyrinth herausführten oder in den Pfaden der Hierarchie, der Bagatellen und der Toiletten verschwanden.

Nachdem das Willkommen ihrer neuen Kollegen verhallt war, glaubte sie, daß sich der Überdruß dieser Stunden nur gegen das Bedürfnis, in Ohnmacht zu fallen, eintauschen ließ. Es erschien ihr unfaßbar, daß die Menschheit solche Berge von Papieren anhäufen mußte. Nach einem Monat war sie jedoch in der Lage, ein Häkchen auf die Vorderseite einer Akte zu machen und sie weiterzuschicken, ein Formular auszudrucken, sich zum Lesen auf der Toilette einzuschließen und ihre Scherze mit einem der am wenigsten beliebten Vorgesetzten aus der Abteilung Umwelt und Entwicklung zu machen, der einen schneidenden Humor besaß, einen falschen Ernst zur Schau stellte, förmlich wirkte, mit Frau und zwei Kindern. Er übertrug ihr einfache Aufgaben, die er persönlich überwachte, und traf unerwartet häufig im Gang mit ihr zusammen.

Camboya konnte sich nicht erklären, wie leichtsinnig sie sich mit einem Mann einließ, der doppelt so alt war wie sie, auch wenn ihm dieser gelassene Tonfall zu Hilfe kam, in dem er alles sagte, woran zu glauben ein Mädchen wie sie nötig hatte, aber sie erinnerte sich genau daran, wie überrascht, wie erregt sie war, als ein Scherz den anderen gab, bis sie sich schließlich in ein Hotel führen ließ, sich dabei unablässig wiederholte ›das kann nicht sein‹, ›das kann nicht sein‹, eine Treppe hinaufging, sich küssen ließ und in einer hemmungslosen Folge von Orgasmen versank. Eine ganz neue Erfahrung mit einem Körper ohne Schwächen, der sie Geborgenheit spüren ließ, wie ein Mantel, und der weniger angespannt war als die ihr bekannten, ein Körper, der ihr inmitten ihrer Verwirrung und Furcht zu dem inneren Chaos verhalf, das ihr insgeheim endlich Erfüllung gab.

Die gespielte Gleichgültigkeit während der Bürostunden brachte ein verstörendes Element in ihre Tage einer Angestellten im öffentlichen Dienst, in die Konzentration auf das Studium und die Gespräche mit ihrer Freundin Laura, Verwahrerin von Bekenntnissen, die die Tatsachen verdrehten, jedoch das Wesentliche hervorhoben, etwas, was sich bei keinem bestimmten Rendezvous ereignete, auch nicht bei den verschwörerischen Blicken zur Wanduhr oder an der abgelegenen Ecke, wo Julio sie in seinem alten Renault abholte, sondern während der einsamen Stunden, da ihr Bett, der Globus, der Ring, den Pola ihr geschenkt hatte, zu Überbleibseln einer Vergangenheit wurden, zu der sie aus einer erstaunlichen Ferne zurückkehrte.

Orlando wechselte zum Abendstudium, um eine zweite Chance zu bekommen, erweckte jedoch bei Camboya nur ein nagendes Schuldgefühl und Neugier angesichts der Hartnäckigkeit, mit der Männer eine fixe Idee verfolgen. Sie wich ihm aus, wo es nur ging, oder entmutigte ihn bei seinen Versuchen, sie nach Hause zu begleiten, ließ sich jedoch hinreißen, nachdem eins von Julios Kindern auf dem Schulweg angefahren worden und er zwei Wochen lang nicht zur Arbeit gekommen war, worauf Camboya zwei Fehler beging: den Jungen im Sanatorium zu besuchen – dort traf sie die verweinte Mutter an, die ihr für ihr Kommen dankte, sich jedoch über ihre Anteilnahme und ihre Jugend wunderte – und zu einer ungünstigen Zeit bei ihm zu Hause anzurufen. Sie war am Apparat und reichte sie an Julio weiter, bevor Camboya überhaupt ihren Entschuldigungssatz hatte zu Ende bringen können. Er antwortete kühl, offenkundig verärgert, und als er wieder ins Büro kam, war seine Gleichgültigkeit so deutlich, daß sie am liebsten im Boden versunken wäre. Der Junge war mit Rumpfgips wieder zu Hause, aber ihre Versuche, zur früheren Intimität zurückzufinden, stießen auf einen beharrlichen Widerstand, der schließlich ihre Hoffnung, ihr Begehren und zuletzt auch ihre Selbstachtung untergrub. Die Bekenntnisse über Julios schlimmes Eheleben, das gegenseitige Vertrauen ihrer Körper, das Lachen, die unersättlichen Liebkosungen waren dahin, als hätte es sie nie gegeben oder, schlimmer noch, als hätte es sie gegeben, doch als lohnten sie kein einziges Wort. Ihr war, als hätte sie sich in einen Unbekannten verliebt, der so abrupt aus ihrem Leben verschwunden war, daß sie nicht wußte, wie sie damit fertigwerden sollte. Da ließ sie sich von Orlando begleiten, sie tranken unterwegs ein paar Bier, und während ihre Schwermut über soviel unabänderliches Scheitern wuchs, hatte sie das Gefühl, daß ihr Fiasko mit Julio und Orlandos Fiasko mit ihr Hand in Hand gingen, als wäre ihnen die Einfachheit anderer Schicksale verwehrt. Ihre Mutter wollte Orlando nicht auf dem Gehweg stehenlassen und bat ihn herein, bot ihm ein Bier an und zog sich in ihr Zimmer zurück. Camboya widerstand nicht der Versuchung, sich dem Trost seines Verlangens hinzugeben, und sein besessenes Bitten führte sie beide schließlich hinauf in ihr Zimmer. Bevor sie noch wußte, wie ihr geschah, lag er zwischen ihren Beinen, seine Augen blickten sie mit stummem Zucken an, und zum erstenmal kamen sie gleichzeitig.

Wochenlang versuchte sie, die Freude ihrer Mutter zu dämpfen und Orlando auf vernünftiger Distanz zu halten. Er bedrängte sie, war wild entschlossen, sie zurückzuerobern, aber Camboya weigerte sich, einer vorübergehenden Schwäche nachzugeben, die nur Mitleid und Reue bei ihr hinterlassen hatte. Eine Zeitlang versuchte sie, sich ihren Pflichten und Julios Nähe im Büro gewachsen zu zeigen. Sie bemühte sich, einen unauffälligen Beamten in ihm zu sehen, von dem sie nichts als den dunklen Anzug und die Farbe seiner Krawatten kannte, aber eines Morgens warf er ihr einen Fehler in einem Formular vor, und sie lief fort, um zu weinen, und wußte nicht einmal, ob wegen seiner Feindseligkeit oder wegen des bedenklichen Ausbleibens ihrer Menstruation. Der Test fiel positiv aus, ihre Brüste schwollen an und ihr Gehirn lief heiß. Sie würde es nicht bekommen. Sie war nicht darauf vorbereitet, Mutter zu werden, ertrug nicht Orlandos erschrockenen Blick und noch weniger einen weiteren Tag im Büro. Sie kündigte, stahl die paar Dollar, die ihr Vater in einer Schuhschachtel aufbewahrte, und ging in eine sichere Klinik.«

»Gütiger Himmel. Einfach so?«

»Nein. Nicht einfach so. Wie könnte das sein, einfach so? Ich will nur sagen, daß sie den Eingriff voll Schrecken über sich ergehen ließ und das Wochenende bei ihrer Freundin Laura verbrachte, deren Eltern an einem Badeort waren, und als sie wieder nach Hause ging, erzählte sie Ernesto so ungerührt von ihrer Kündigung, daß er die Beherrschung verlor und sich von einer Angelegenheit aus der Bahn werfen ließ, die im Grunde belanglos war, verglichen mit dem, was er nicht wußte.«

»Sie hätte es ihm sagen können.«

»Das wagte sie nicht, bei all der Verwirrung, der Leere, den Tränen der Mutter. Die Mutter schien ihr weit weg zu sein, und auch ihre Tante Cecilia, Pola und die Stunden ihrer Kindheit entschwanden in der Ferne hinter der Barriere aus Wut, mit der dieser kleine Gottvater sie da anschrie: Feigling! Feigling! Verdorbene Jugend! ... Nichts konnte Camboya damals diesen Worten entgegensetzen, die ihr die Ohren zerrissen, alle Geborgenheit zerfetzten, ihr die Knie weich werden ließen. Sie wagte es kaum, Ernesto ins verzerrte Gesicht zu schauen, auf seine herabhängenden geballten Fäuste, die roten Augen; es gelang ihr, sich umzudrehen, sie kämpfte gegen ihr Taumeln an und öffnete die Tür zur Straße. Was auch immer es gewesen war, was sie geliebt hatte, sie hatte es eben endgültig verloren, und vor ihr lag die Nacht, beleuchtet von der Laterne an der Ecke in ihrem Eisenring. Hatte sie einen verdorbenen Geist? War es nicht eher seiner, wenn er der kommunistischen Partei gehorchte? Hatten sie aufgehört, einander zu bewundern, zu lieben? Nicht zu ändern. Sie ging fort, mit diesen Worten auf den Lippen. Und immer noch ging sie voran, versuchte, ihren Kopf zurechtzurücken, inmitten des Algenschaums und des Drecks, den das Meer anspülte, eine Katastrophe war sie und was für eine, aber es konnte noch schlimmer kommen, denn am Himmel türmten sich große kobaltblaue Wolken, und ihr war, als sähe sie die Gestalt eines Mannes unter der Dachtraufe einer Hütte, die sofort wieder verschwand wie eine Eidechse in der Wüste.

Vier

An der Küste hallt etwas vom Meer herüber, aber es ist kein Klang. Es ist ein Schweigen, das gebrochen wird. So klang Camboyas Ankunft für Arturo, und er bedauerte, daß er nicht einfach mit verschränkten Armen stehenbleiben konnte, bis er sich überlegt hätte, was tun.

Bei ihrem zweiten Klopfen öffnete er die Tür. Sie wiegte den Kopf im Rhythmus der Walkmanmusik und scharrte mit dem rechten Stiefel, zu groß für ihren Fuß und sichtlich abgenutzt, über die Zementbodenkante. Sie lächelte ihn an, stellte ihre Tasche auf den Boden und nahm die Kopfhörer ab.

›Sorry. Ich habe meinen Ausweis im Wagen verloren‹, sagte sie. ›Er muß im Wagen sein, denn ich finde ihn nicht.‹ Sie schlug die Augen nieder und biß sich auf die Unterlippe.

Arturo war, als käme ihm dieses leichte Abtauchen der Zähne im Fleisch bekannt vor. Er senkte die Lider, schaute sich ihre schwarzen Stiefel an, die grünen Beine, den knappen Jeansrock, und sie lächelte wieder halbherzig. Er sagte, sie solle einen Augenblick warten, trat in die Hütte zurück, nur, um nach Worten zu suchen. Das Durcheinander beunruhigte ihn, ebenso die Stimme des Mädchens hinter seinem Rücken, das seinen Kopf zur Tür hereinstreckte und fragte, ob sie die Toilette benutzen dürfe.

Während der fünf, viellcicht zehn Minuten, die sie im Bad war, ging Arturo um den Tisch herum, verließ die Hütte, kehrte zurück, blieb vor einem Fenster stehen, schaute über den Strand und sagte sich, daß er sie nicht hätte mitnehmen dürfen. Das dachte er, während der Lichtstreifen immer schmaler wurde und er sah, wie das Wasser, das sich über dem Meer entlud, näher kam, bis es schließlich an die Scheibe klopfte. Die Tropfen glitten einsam und stumm hinunter, hinterließen Salzspuren, eine Pause, und dann erdröhnten die Fenster. Die fünf Kilometer, die sie vom Wagen trennten, wuchsen ins Unermeßliche.

Auf dem Tisch befanden sich eine geöffnete Tasche, eine Gasleuchte und ein Flachmann mit Whisky, die Überreste des gestrigen Abendessens und eine kleine Schmuckschatulle aus Kristall, alles, was er brauchte, denn er hatte mit der Umsicht geplant, mit der man einen jahrelang aufgeschobenen Schritt tut, ohne jeden unnützen Ballast. Sie hatte nichts zu suchen inmitten dieser wenigen Dinge.

Als Camboya aus dem Bad kam, ließ sie den Blick über die kahlen Wände, den Tisch und die Treppe zum Obergeschoß wandern, bis er wieder auf Arturos Rücken verweilte, der am Fenster stand, wo der rauschende, windlose Regen die Seeküste auslöschte. Sie räusperte sich und wartete, daß er seine Absicht bekundete, sie zu begleiten, aber er verharrte eine Weile mit dem Rücken zu ihr, ging dann zum Spirituskocher und forderte sie auf, sich zu setzen. Er wollte nicht, daß sie da stand.

Nachdem er das Wasser aufgesetzt hatte, spülte er eine Tasse ab, füllte das Stoffsieb mit Kaffee, und Camboya trat an den Kamin, in dem zwei Holzscheite lagen, die kein Feuer mehr gaben, aber noch glühten.

›Ist das Ihre?‹ fragte sie. Sie wußte, daß viele Exilanten nach ihrer Rückkehr am Strand von Las Malvinas gebaut hatten.

›Ist das Ihre Hütte?‹ wiederholte sie.

Arturo schüttelte den Kopf. Er goß den Kaffee ein, reichte ihn ihr und forderte sie mit einer Handbewegung, die freundlich sein sollte, wieder zum Sitzen auf. Dann schob er die Scheite hin und her, bis er ihnen ein schwaches Flämmchen entlockte, richtete sich auf und sah zu, wie sie die Tasse in den Händen drehte, gebannt von ihren Augen und der Art, in der sie die Lippen aufeinanderpreßte.

›Er muß im Auto sein‹, sagte sie voll Unbehagen von ihrem Sessel aus, und um seine Schroffheit nicht zu übertreiben, fragte Arturo sie nach ihrem Namen.

Camboya nannte ihn, ohne Lust auf Erklärungen. Sie erwartete seine Frage, aber er wandte nur den Blick zu den Fenstern, die der Regen blind gemacht hatte.

›Du bist weit weg von zu Hause‹, sagte er, ›wie auch immer du heißen magst.‹«

»Er hat ihr nicht geglaubt«, warf Ema ein.

»Es war ihm einerlei, daß das Mädchen nichts preisgab. Der Regen konnte aufhören, auf halber Strecke zum Wagen wieder einsetzen oder endlos fortdauern. Seine einzige Sorge war, daß es keinen Weg gab, sie loszuwerden.

Er hörte, wie sie wieder mit den Fischern anfing, die sie besuchte, und erinnerte sich an das Strichmännchen am Wagenfenster, ein Mädchen im Kleid.

›Fischer . . .‹, sagte er.

›Fernández. Kennen Sie die?‹ fragte Camboya.

Fernández ist ein guter Name, dachte Arturo. Er nahm den Teller vom Tisch, stellte ihn ins Spülbecken und konzentrierte sich darauf, wie weiß eine weiße Fläche werden konnte. Camboya streckte ihre Stiefel zum Feuer hin und fühlte sich zum erstenmal seit Tagen irgendwo angekommen. Eine seltsame Zuflucht, die ihre Füße mit Dank quittierten, wie auch sie die heiße Tasse, die Gastfreundschaft, es war ein Ort, wo sie viele Stunden lang würde bleiben können, wenn es weiterregnete, der Mann fortginge und das Knistern des Holzes sie in den Schlaf gewiegt hätte. Aber nicht zu ändern. Sie wußte nicht einmal, wer er war, und da sie keine einleuchtende Erklärung fand, fragte sie, was er in Las Malvinas tue.

Arturo hatte sich auf das kleine Spülbecken gestützt, drehte sich erst nach einer Weile um und ging zum Feuer. Er nahm zwei Akazienscheite und blickte ihr in die Augen:

›Wenn ich dir antworten soll, darfst du mich nicht weiter anlügen.‹ Er hockte sich hin und legte das Holz auf die halb verbrannten Scheite.

Camboya wurde rot und schlug die Augen nieder. Dann beobachtete sie, wie er sich auf ein Bänkchen setzte, sich eine Zigarette drehte und auf die Rauchsäule starrte, die von den Scheiten aufstieg, gleichgültig gegenüber dem Schweigen, dem dumpfen Prasseln des Regens und dem Geständnis, daß sie eine Hütte aufgebrochen hatte. Sie hatte sich zu einer Erklärung gedrängt gefühlt.«

»Es war ihr peinlich«, sagte Ema.

»Es hörte sich dumm an, wie ihr schien, und sie verzweifelte, weil auch die Flucht erklärt werden wollte und eine Erklärung die nächste fordern würde, so daß sie versuchte, mit den Gründen anzufangen, aber die Gründe klangen so verstiegen, daß sie sich bald schon in lange, verworrene Bekenntnisse verwickelte, die niemand von ihr verlangt hatte.

Während Arturo ihr zuhörte, überfiel ihn die Vermutung, daß die Natur aus einer begrenzten Zahl von Gebärden eine unendliche Zahl von Menschen schuf. Er kannte die Gesten des Mädchens und fand es grausam, daß sie gekommen war, um sie ihm ausgerechnet jetzt ins Gedächtnis zu rufen, da er versuchte, sie aus seinem Leben zu verbannen. Er hatte sie allzu lange mit sich herumgeschleppt, allzu lange in ihrem Schatten gelebt, bis er Rosie kennengelernt hatte.«

»Rosie? Die Erinnerung an ein paar Gespräche, die dann die Schwester verbot?«

»Mehr als das.«

»Ich dachte, Rosie würde sie nicht verraten.«

»Das hat sie nicht.«

»Aber sie haben sich weiterhin gesehen.«

»Rosie ordnete die Augenblicke unter der Linde demselben Limbus zu, in dem sich auch die Bibliotheksbesuche, die Spaziergänge am Fluß, der flüchtige Kontakt mit den Nachbarn und die Geschichten befanden, die sie in ihren Büchern las. Tagelang stellte sie sich vor, wie er sie mit der Schubkarre voller Vögel erwartete, und dann vergaß sie ihn einfach. Als wäre sie niemals aus dem Haus getreten, um mit ihm zu reden.

Arturo wartete auf ein Zeichen, daß sie krank sei, und kam am Ende zu dem Schluß, daß Doghram sie entdeckt haben mußte. Er sah ihn mit den Doggen durch den Garten gehen und hätte ihm am liebsten die Stirn geboten. Der Mann sperrte die Frauen ein, und mit seinem schütteren Haar und dem Rücken, den ein hartnäckiger Überrest von Kraft aufrichtete, gab er ihnen im Tausch dafür den Wahn seiner hellen Augen. Er wollte ihn zur Rede stellen, fürchtete jedoch, alles noch schlimmer zu machen. In seiner Unschlüssigkeit lief er nachts drei Kilometer weit über Felder und an Landgütern vorbei, um für ein paar Augenblicke Rosies Gestalt hinter einem der Fenster zu sehen, bis die Doggen ihn zum Rückzug zwangen. Wie ein Schuljunge im ersten Überschwang. Ihn trieb die Ruhelosigkeit, und auf dem Hin- und Rückweg . . .«

»Hören Sie . . .«

»Nein. Hören Sie zu. Er ging zu dem Heckenwall, um einen

Schatten zu belagern, und bei jedem seiner Schritte fragten ihn die losen Steine unter den Schuhen, ja der Geruch der Erde und der Schlick am Flußufer zum erstenmal seit vielen Jahren, was er da tat. Das heißt, er hörte den Klang seiner Schritte voller Überraschung, denn er tat sie nicht, um sein Brot zu verdienen oder etwas zu bringen oder abzuholen, und selbst wenn er erfolglos zurückkehrte, ohne sie gesehen zu haben, verspürte er einen leichten Taumel, den er nur aus seiner Jugend kannte, als hätte die Zeit einen Vorhang beiseite geschoben.

Wer weiß, ob auch sie einmal etwas Sinnloses getan, sich schutzlos offenbart hatte, auch wenn es nur der Selbsterfahrung hatte dienen sollen, Arturo jedenfalls mußte bloß nachts zur Hecke gehen, und schon erinnerte er sich an seine Jahre in Buenos Aires, als einer seiner Brüder ihm Arbeit auf dem Bau verschafft hatte. Damals schleppte er Ziegelsteine, Eimer mit Mörtel und schlief dann, den Kopf auf dem Arm an der Halteschlaufe gestützt, in den Zügen westwärts, die voller Arbeiter waren, erschöpft von den zehn, zwölf Stunden, die sie Sand geschaufelt, Stahl gedreht und eine Bewegung wiederholt hatten, die immer ein und dieselbe sein mußte, auch wenn sie die unterschiedlichsten Dinge erzeugte. Der Zug setzte ihn im Vorort Moreno ab, und wenn er ihn morgens wieder ins Zentrum brachte, hatte er während dieser einzigen geistig wachen Stunde die Gelegenheit, sich die Stadt anzuschauen und über ein anderes Leben nachzudenken.

Vom Bau wechselte er zu einem Demontagebetrieb für gestohlene Wagen, dann ging er als Hilfsarbeiter zu einer Druckerei, ließ sich zum Drucker ausbilden und zog in eine Pension im Viertel Constitución. Damit verbesserte sich sein Status in jeder Hinsicht, wofür anständige Kleidung, neue Freundschaften, Geld für Wochenendvergnügen, die tägliche Zeitung ebenso Indizien waren wie das Bewußtsein, daß er kein Hilfsarbeiter oder Laufbursche mehr war, sondern als Fachmann für Gießwerke, Hebel, Tiegel, Drucktücher und Stanzmaschinen in jeder Werkstatt galt, in die ihn sein Selbstvertrauen oder das Glück führen würde.

Regelmäßig schickte er seiner Mutter Geld nach Uruguay, wo sie in Palmira die jüngeren Geschwister aufzog, besuchte den ältesten Bruder und seine Familie in Moreno und erhielt Nachricht von Perla und Agustín, die sich ebenfalls fern von ihrem Geburtsort und dessen Geborgenheit allein in der Fremde durchschlagen mußten, die eine in Mendoza, der andere in Córdoba.

Die Gelegenheit, eine kleine Druckerei aufzumachen, ergab sich, als er eine Gruppe von Uruguayern im Haus seines zukünftigen Teilhabers kennenlernte, eines Kunden der Werkstatt, in der er arbeitete; er hieß Alberto und war mit einer Uruguayerin verheiratet, die Medizin studierte. In diesem Exilantenstrom verborgen, der beständig über den Fluß herüberschwappte, begegnete ihm ein fröhliches Lächeln, eine lange, dünne, knochige Gestalt mit dunklem Haar und einer Intelligenz, die sich in ihren Augen sammelte: Tina, die ein Weinglas in den Händen drehte. Er sah sie lachen, in Begleitung eines Hauptstädters mit rotem Stoppelbart, der fast jeden Satz mit einem Lenin-Zitat beendete, sah sie ohne den Rothaarigen, wie sie sich hastig verabschiedete, während ihre Tasche sich in der Türklinke verhakte, sah, wie sie die Wange auf eine Faust stützte, sah ihr Spiegelbild im U-Bahnfenster, sah sie auf den Brücken über dem Bahnhof Constitución, sah sie im Minirock und in Jeans, sah sie ohne Jeans; er sah ihr zu, wie sie ungenießbare Ravioli kochte, wie sie amüsante Geschichten von ihrer Mutter erzählte, sich auf die Unterlippe biß und Papiere unter ihren weiten Sportjacken versteckte.

Und nichts von dem, was er sah, linderte seine Unruhe, denn ihm gefiel etwas an Tina, was er an sich selbst nicht kannte. Arturo bewunderte die Sicherheit, mit der sie verwarf, was sie für unecht hielt, ob es ein bestimmter Politiker, ein Sänger oder synthetische Kleidung war, aber er konnte sich nicht erklären, weshalb Tina ebenso entschieden die Türen der Toiletten verwechselte, die U-Bahn in die verkehrte Richtung nahm und in einen Bus stieg, ohne von ihrem Buch aufzuschauen. Sie lachte über ihre Zerstreutheit mit einer entwaffnenden Offenherzigkeit, die Arturo verstörte, denn in ihm kämpften die Vorwürfe mit dem Verlangen, sie mit der Ungeniertheit eines Blinden zu umarmen, als bewahrten ihre Knochen ein Geheimnis, zu dem er keinen Zugang hatte.

Sie schleppte ihn in die Buchhandlungen in der Corrientes, zu den Vorführungen eines Kinoklubs in der Calle Montevideo und zu den Gesprächen in den Kneipen, und keiner bemerkte, daß er bei den Diskussionen über Autoren, Filme und Revolutionspläne nur deshalb schwieg, weil er nicht wußte, was sich ohne Angst oder Scham von der Welt halten ließ.

Tina gab seinem Schweigen einen falschen Anstrich von Nachdenklichkeit, den die anderen für vernünftige Vorsicht nahmen, all die Studenten aus Montevideo, die vor und nach dem Militärputsch herübergekommen waren, die Argentinier aus Buenos Aires, die über die drei oder vier Spielarten des Peronismus diskutierten. Sie selbst vertrat ihre politischen Ansichten mit verschwörerischem Blick, der sein Einverständnis nahelegte, während er die Bücher auf dem Tisch öffnete, um sich die Klebebindung, die Typographie, den ungleichmäßigen Druck der Tintenwalze anzuschauen. Es hatte den Anschein, als läse er, doch immer konnte er eingreifen, bevor Tina eine Flasche umstieß oder sich mit dem Ellbogen auf einen Aschenbecher stützte. Man hätte meinen können, daß er nur dazu da war, um auf sie achtzugeben, und daß alles andere keine Rolle für ihn spielte.

Arturo merkte sich Namen, verstand jedoch kaum, was gesprochen wurde. Es war die Welt armer Studenten, die sich um Gratisvorstellungen und Streiks drehte, von denen sie sich alles versprachen. Manche lebten in Pensionen, andere in Wohngemeinschaften, und im Nu warfen sie sich zu Richtern über die Zeitungsnachrichten, über die Vergangenheit und sogar darüber auf, was niemals eintreten würde und dennoch stundenlang diskutiert wurde.

Anschließend lachten sie beide, wenn Arturo für sie die Kneipenphilosophen in Nonsenssätzen parodierte. Sie hatten sich einen verrückten Jargon erfunden, bei dem Cortázar eine peronistische Fraktion gegen den Fokismus à la Neruda anführte und Carlos Quijano hingebungsvoll Ingrid Bergmans *Der Sinn meines Lebens* las. Tina krümmte sich vor Lachen auf dem Nachhauseweg, fügte seinem Unsinn weiteren hinzu, aber bei all dem Spaß konnte Arturo nicht die Unruhe darüber abschütteln, daß sie ihn mit so unerklärlicher Beharrlichkeit nach seinen Kindheitserinnerungen am Flußufer fragte, nach der Hirschjagd, der Welt, die er für immer hinter sich gelassen hatte. Er fürchtete, daß Verwechslung im Spiel war und sie sich für etwas begeisterte, was er nicht besaß. Sie hatte ihr Jurastudium aufgegeben, als sie nach Buenos Aires hatte fliehen müssen. Seitdem wohnte sie bei einer Freundin, tippte auf einer alten Underwood Vorlesungen für die soziologische Fakultät ab und traf sich mit Leuten, die Arturo nicht kannte oder nur unter einem ebenso falschen Namen wie dem ihren, die jedoch behaupteten, wenn man den Kurs korrigiere, mehr Sicherheit gewährleiste, Fehler ausräume und Risiken umgehe, könnten die Dinge ins Lot kommen.

All das hatte nichts mit ihm zu tun, der er früh am Morgen sein kleines Geschäft öffnete, erleichtert, daß er nicht mehr in Zügen schlafen oder die kalten Morgenstunden auf Baugerüsten verbringen mußte, und wenn seine Fingernägel auch weiterhin nicht sauber waren, beschmutzte er sie doch zum eigenen Nutzen. Was konnte er ihr bieten? Das Glück war zugleich Angst für ihn, und vielleicht klammerte er sich deshalb an die ebenso kraftvolle wie zerbrechliche Idee, daß er nur beharrlich genug nach dem würde streben müssen, was er im Sinn hatte, damit er es für immer halten konnte.

Albertos Mutter vermietete ihnen eine kleine Wohnung in der Calle Zapiola, im Colegiales-Viertel, und während der zwei Jahre, die sie zusammenlebten, bestand Arturo immer wieder darauf, zu heiraten, ein Kind zu haben, sie von der Politik abzubringen. Zu allem sagte Tina ja, nur ein wenig solle er noch warten, sie könne die Genossen nicht im schlimmsten Moment im Stich lassen. Sie machte sich Hoffnungen, daß die peronistische Linke an die Regierung gelangte und sich die Lage in Uruguay änderte und somit auch die ihrer Brüder, der eine im Gefängnis in Punta Carretas, der andere im Exil in Barcelona, für deren Schicksale sie sich verantwortlich fühlte, denn als ihr Vater noch ein militanter Anarchist gewesen war, hatte sie die beiden in die Politik hineingezogen. Nicht willentlich, nicht einmal in der Absicht, daß auch sie sich der Stadtguerrilla MLN anschlossen, sondern sie hatte nur die Bewunderung der beiden erweckt, ihre Ehrfurcht angesichts einer Rebellion, von der sie erstmals eine Ahnung bekamen, als sie das Weinen der Mutter hörten und die Schreie der Schwester hinter der zugeschlagenen Tür, Ehrfurcht angesichts ihres Ungehorsams, der Einforderung eines Rechts, wie sie aus der Handvoll Erinnerungen schloß ...«

»Halt. Hier gibt es nur eine einzige Cecilia.«

»Ja. Aber Arturo konnte nicht ahnen, daß die Kleine nicht nur verwandte Gebärden, sondern auch verwandtes Blut besaß, und Camboya wußte von dem Mann, der ihre Tante geliebt hatte, nur andeutungsweise. Pola hatte ihr erzählt, er habe nicht die Klasse ihrer Tochter gehabt, sei entsetzlich schweigsam, aufrichtig und verliebt gewesen, allerdings kaum erstaunlich bei Cecilias umwerfendem Charme.

Das hatte die Großmutter ihrer Enkelin erzählt und viele Jahre zuvor auch ihrem Sohn, wenn sie ihn im Gefängnis besuchte, denn Pola war im Sommer 76 nach Buenos Aires gereist, um Cecilia zu sehen, aufgeschreckt von den Nachrichten, daß die Linken dort ungehindert ermordet würden. So sah sie, daß Tina mit Arturo in einer kleinen Wohnung lebte, die mit billigen Möbeln eingerichtet war, wo der Hahn in der Badewanne tropfte und es zu viele Bücher gab. Drei Tage lang erforschte Pola Küche und Bad, Balkon, Bücherregale und Schlafzimmer auf der Suche nach Indizien, die ihr verrieten, welche Art von Leben ihre Tochter führte, die scheinbar den Idealismus ihrer Studentenzeit hinter sich gelassen hatte. Sie traf sie magerer an, damit beschäftigt, Geographiestunden für eine Schule abzutippen, und vernarrt in diesen jungen Mann aus Palmira, der darauf bestand, sie bei einem absurden Kosenamen zu rufen, wie es die Verliebten tun.

Daß sie unverheiratet mit einem Mann zusammenlebte, war ein schwerer Schlag für Pola. Sie hatte so große Erwartungen in ihre Tochter gesetzt, und so schnell waren sie in wenigen Jahren in sich zusammengebrochen, daß sie sich noch nicht damit abfinden konnte. Alle ihre Kinder hatten es eilig gehabt, der Kindheit zu entkommen und die Straße, die Politik, den Sex auszuprobieren, und sie wollte nicht glauben, daß sie einen anderen Grund gehabt hatten als Selbstüberschätzung. Und bevor sie wußten, wie ihnen geschah, saß der eine im Gefängnis und die anderen beiden waren im Exil. Schuld sei der Vater gewesen, von dem sie die Angeberei hätten, sagte Pola. Und schuld war sie selbst, weil sie nicht genug aufgepaßt hatte. Was ging in Cecilia vor? Immer wenn sie glaubte, ihre Ängste zu begreifen, entzogen sie sich ihr. Aber was nützte das Klagen, Cecilia schien in Sicherheit zu sein, glücklich mit ihren Erinnerungen an die Familie, die Landpartien, die fernen Sommer in Las Toscas. Nur bei Ernestos Leid im Gefängnis und den spärlichen Nachrichten von Alejandro verschwand die Freude aus ihren Augen.

Cecilia sagte ihr, sie würden heiraten, sobald Arturo ein paar Gerätschaften für die Druckerei abbezahlt habe, und wenn Pola die Nachricht auch mit einem Lächeln bedachte, wußte sie doch nicht, ob sie damit ihrer Gottespflicht nachkommen oder die Sünde vertuschen wollte. Was konnte ihr ein Mann schon bieten, dessen Intelligenz aufhörte, wo ihre begann? Wie hatte sie sich in einen Schriftsetzer verlieben können? Es gelang ihr nicht, Arturo mehr als ein paar belanglose Sätze zu entlocken, und er ließ sie nur die Beflissenheit sehen, mit der er ihr ein Bett auf dem Sofa herrichtete und ihr einen Kirschmyrtenschnaps aufdrängte. Er schaute Cecilia verzückt und sie selbst so erschreckt an, daß er ihr wie einer dieser Landarbeiter vorkam, die zu allem ja und amen sagen, nur um keins auf den Kopf zu bekommen.

Wenn du eine Vorstellung von deiner Zukunft hast, mißtraue ihr, sollte sie Jahre später zu Camboya sagen. Das Leben wird dir so viele Schläge versetzen, daß dir selbst die unschuldigsten Wünsche wie ein Verbrechen vorkommen können. Deine Großmutter hat schmerzlich eine Hochzeit vermißt. Eine Hochzeit mit Verwandten, Fotos, Glückwünschen, wo man schlemmt und bis zur Besinnungslosigkeit trinkt, und um die hatte deine Tante sich gebracht, weil sie geradewegs dazu übergegangen war, Geschirr, Böden und Bettzeug zu waschen und all die Dinge zu tun, die die Ehe mit sich bringt, sobald die kurze, aber unauslöschliche Wonne des Anfangs vorüber ist, glaub mir, das Schönste, was selige Verrücktheit zu bieten hat.

Für Camboya war es nur eine der Klagen, in die Pola ab und an verfiel, wenn sie vergaß, mit wem sie sprach, sich das offene Haar kämmen ließ und weder die Enkelin wahrnahm noch Bobo, der sich zu ihren Füßen niederlegte, die Schnauze auf den Pfoten. Derlei Vorwürfe waren Camboya als unvollständiges Puzzle im Gedächtnis geblieben, dem nicht nur Teile fehlten, sondern auch das Bild, das es darstellen sollte, denn jedes Teilchen erzählte eine andere Geschichte, und sofern Cecilia nicht Frankensteins Schwester war, paßten sie nur zusammen, wenn man sie mit den Nadeln des Kummers und der Schuld zusammennähte. Camboyas Vater sagte, Cecilia habe Pola etwas vorgespielt, um sie nicht zu beunruhigen, habe allerdings die Ereignisse in Argentinien falsch eingeschätzt. Aus unerfindlichem Grund wußte Ernesto immer genau Bescheid, und er konnte noch so sehr im Irrtum sein, er zweifelte nie an sich. Hätte sie ihn beizeiten verlassen, sagte er wieder und wieder, sie hätte sich retten können.«

»Verlassen? Arturo?«

»Er machte ihn dafür verantwortlich, daß sie in Buenos Aires geblieben war.«

»Aber so war es nicht ...«

»Ein paar Wochen nach dem Militärputsch rief Tina Arturo um zehn Uhr nachts mit einer Erregung, die ihr die Kehle zuschnürte, von einer Bar aus an, sagte, er solle alles Geld nehmen, Kleider in eine Tasche tun und so schnell wie möglich die Wohnung verlassen. Sie bestellte ihn in eine Konditorei Ecke Cabildo und Lacroze.

Als er eintraf, pflügte sie mit dem Zeigefinger über die Tischdecke und biß sich auf die Unterlippe. Ihr Gesicht verhüllte der Vorhang ihres Haars, hinter dem die Augen wie zwei dunkle Steine von der Tür zur Theke, von der Theke zur Kaffeetasse sprangen. Sie könnten nicht zurück. Es gehe ihr gut, er solle keine Frage stellen. Sie könne ihm nur sagen, daß Sandra und Daniel aufgeflogen seien, er solle ihr verzeihen, und vielleicht sei es das beste, sie trennten sich, bis sich die Wogen geglättet hätten.

Es war April in Buenos Aires, der 59er verschluckte und entlud wenige Meter vor dem Konditoreifenster seine Fahrgäste, die Ampellichter bohrten sich in die Nacht, und der Wind, der die hohen Wipfel der Tipubäume auf der gegenüberliegenden Seite der Avenida schüttelte, wirkte greifbarer als der Tisch, als Tina, die Hintergrundmusik in diesem Café für Pärchen mit seinen Plastikblumen und dem gedämpften Licht. Während Arturo auf die Straße schaute und ihren Entschuldigungen zuhörte, sah er vor sich, wie er neben dem Minoltadrucker das Quittungsbuch für eine Gefrierfleischfabrik überprüft hatte, erinnerte sich an das Mittagessen mit Alberto in ihrer Stammkneipe, an die Witze mit dem Lebensmittelhändler über die Niederlage von Boca Juniors. Dann versuchte er einige dieser Augenblicke in dem neuen Licht zu betrachten, daß sein Leben gerade in sich zusammengefallen war. Vermutlich am selben Morgen, und zwar dort, wo Sandra und Daniel mit ihrer Kleinen schliefen. Sie waren so ungeschickt gewesen, sie zweimal zum Essen einzuladen, entgegen dem Verbot, Freundschaften unter Genossen zu schließen.

Warum sie verschleppt worden waren, durfte er nicht wissen, er stand jenseits der Mauer, die das Leben der Organisation schützte. Wissen mußte er, wo die Nacht, den nächsten Tag und die kommenden verbringen, fern von dem, was er bis jetzt für sein Eigentum gehalten und was sich überraschend als hinfällig erwiesen hatte.«

»Hinfällig nicht. Wie können Sie von Hinfälligkeit reden, wo sie doch ihre Wohnung hatten und heiraten wollten?«

»Legen Sie die Wohnung auf den Tisch, für die sie der Mutter seines Kompagnons Miete zahlten, wonach ihnen eine bescheidene Summe für den Lebensunterhalt blieb. Fügen Sie die Möbel hinzu, die sie auf Versteigerungen erworben hatten, das Geschirr, die Accessoires, die Bücher, den Fernseher, den sie noch abbezahlten, die alte Underwood, eine schmiedeeiserne Lampe. All das ist fraglos gediegen. Nehmen Sie noch die gemeinsamen Fotos, ihre Arbeit, die Pläne, ein Kind zu bekommen, das Lachen, den Streit wegen des brennenden Lichts in den Zimmern. Nun zerknüllen Sie all das. Es hält nicht stand. Auch die Underwood nicht.«

»Was haben sie getan?«

»Sic stiegen in Stundenhotels mit rot-blauer Beleuchtung ab, wo es nach billigem Parfüm roch und Musikberieselung in den Zimmern gab, und kamen immer nach Mitternacht, wenn man bis zum nächsten Morgen bleiben durfte. Sie brauchten einen Plan und diskutierten darüber, wo andere sich inmitten der Schnulzen von Sandro oder Mazanero ihrer Lust hingaben. Arturo wollte sie außer Landes bringen. Er benachrichtigte seinen Kompagnon, und der versprach, ihm seinen Anteil am Geschäft abzukaufen, sie müßten jedoch warten, bis er das Geld zusammenhabe.«

»Und sie?«

»Arturo sah in ihren Augen nur die Furcht. Nicht vor dem Sterben, sondern davor, daß all die Mühe, als ein Glied dieser geheimen, teils unsichtbaren, jedoch allgegenwärtigen Kette verwandter Gesinnungen standzuhalten, umsonst gewesen sein könnte, denn je mehr von ihnen zu Fall kamen, desto stärker mußte sie selbst sein, und nur das Standhalten rechtfertigte die Aufgabe von Laufbahn, Land und Familie, ihre Verwandlung in dieses ausgelieferte, verfolgte Wesen. Es war nicht etwa Edelmut, Selbstüberschätzung oder Naivität wie bei ihren ersten Expeditionen in den Widerstand. Sie hatte auf allzuviel verzichtet, und die Hartnäckigkeit war das einzige, was ihr geblieben war.«

»Hören Sie, wenn sie ihn geliebt hätte, hätte sie alles aufgegeben, denn es gibt nichts, was eine Frau nicht vermag. Anders als ein so beschränktes Wesen wie ein Mann, der nicht die Kraft hat, seinen Stolz zu überwinden, die Idee, die er sich in den Kopf gesetzt hat. Sie dagegen hatte nichts zu verlieren, sie litt nur wie ein Hund.«

»Sie litt, da haben Sie recht, ließ sich jedoch nicht in die Knie zwingen. Sie war nicht etwa immun dagegen. Sie konnte sich auf keinen Handel mit dem Schmerz einlassen, obwohl sie sich Vorwürfe wegen des Schicksals ihrer Brüder machte und weil Arturo es nicht verdient hatte, daß sie ihn in diese Lage brachte. Sie hatte sich gegen seinen Wunsch gewehrt, sie zu den Treffen zu begleiten, überzeugt, daß er bloß alles mit ihr teilen wollte. Dann merkte sie, daß er sich nur um so mehr darauf versteifte, und sie hörte auf, ihn zu bremsen, führte ihn in die Kreise ein, ließ ihn beobachten, diskutieren, wonach ihn wieder seine Druckerei in Anspruch nahm, wo er mit Alberto oft auch Broschüren und Flugblätter druckte. Im Grunde brauchte sie ihn mit beiden Füßen in einer anderen Wirklichkeit, die für sie ein Spiegel war, dem sie rückhaltlos vertraute, wo man sich wegen Dummheiten streiten, einkaufen, Filme anschauen, sich läppischen Wünschen hingeben durfte. Sie genoß seine Naivität, seine Offenheit, sein unzweideutiges Schweigen. Alle

Pläne Arturos liefen auf die Utopie eines persönlichen Glücks hinaus, an das sie nicht glauben konnte, das sie jedoch dankbar annahm, weil es die großzügigste Liebe war, die sie erfahren hatte. Vielleicht hatte sie deshalb das Gefühl zu betrügen, am Ende eines Doppelspiels zu stehen, das sie sich nicht hätte erlauben dürfen.

Sie hörte schweigend zu, wenn er seine Überlegungen, Illusionen und Phantasien ausbreitete, doch als sie am fünften Tag in einer Bar in der Corrientes ihren Kaffee bezahlte, weil sie sich mit ihm in der Konditorei in Belgrano treffen wollte, überfiel sie unvermutet, während der Kellner das Wechselgeld holte, der Gedanke, daß sie niemals würde erwidern können, was Arturo für sie tat, so sehr sie auch gewollt hätte. Sie verließ die Bar und machte sich zur U-Bahnstation Talcahuano auf, nahm die Menschen auf der Corrientes gar nicht wahr und ging an der Station vorbei. Bei der nächsten würde sie einsteigen, dachte sie, und dann, daß sie es ihm so oder so würde sagen müssen. Als sie die 9 de Julio erreichte, nahm sie nicht die Unterführung, sondern den Zebrastreifen. Vier Querstraßen blieben ihr, dachte sie, um zu entscheiden, ob sie ihm, während sie sich irgendwo durchschlugen, auch noch diesen vermeidbaren Schmerz zufügen sollte, der sich eines Tages unweigerlich der leeren Stunden bemächtigen würde, angesichts der toten Genossen, angesichts dessen, was sie ihm ohnehin in der Pension einer beliebigen Stadt sagen würde, wenn sie nichts mehr als ein Bündel Schuld wäre. Mit diesen Gedanken erreichte sie Suipacha, überquerte Esmeralda mit der Absicht, es ihm zu erklären, und als sie Maipú erreichte, hielt sie vor einem Schaufenster inne, ohne etwas anderes als ihr Spiegelbild auf der Scheibe wahrzunehmen, das ungeschminkte Gesicht, die schutzlose Gestalt, und während die Straßenlichter allmählich die Nacht zudeckten, erreichte sie die

Station Florida, bog in die Fußgängerzone Richtung Avenida de Mayo ein und verlor sich unter den Menschen.

Fünf

Wenn Arturo sich Jahre später vorstellte, daß Tina in Montevideo lebte, daß sie Mutter war, vielleicht Rechtsanwältin, mußte er sich immer wieder sagen, daß sie für ihn tot war. Er vergaß die Sache, warf sich jedoch in langen Abständen aufs neue vor, sie nicht beharrlich genug gesucht zu haben.«

»Na hören Sie . . .«, warf Ema ein und schaute vom Strickzeug auf.

»Er wartete in der Konditorei Ecke Cabildo und Lacroze auf sie, dann weitere zwei Stunden vor dem Hotel, in dem sie die Nacht zuvor verbracht hatten. Um ein Uhr morgens rief er seinen Kompagnon an, in der vagen Hoffnung, er wisse vielleicht etwas. Er wußte nichts, versprach jedoch, sich am nächsten Morgen bei seinem Kontakt zu erkundigen. Arturo fragte nicht weiter nach diesem Kontakt, denn ein Armeelaster sperrte die Avenida ab, und er legte auf, ging weiter und ließ sich von einem Taxi zu einem einfachen Hotel in Belgrano bringen, wo die Tapeten in den Zimmern blaue Streifen hatten, die in der aufgehenden Sonne violett wurden.

Am Vormittag ging Alberto nicht ans Telefon. Arturo kehrte zur Lacroze-Konditorei zurück, befragte den Kellner, der gerade seine Schicht begann, und machte sich dann zu der Wohnung auf, die Tina damals, in der Zeit ihres Kennenlernens, mit einer Freundin geteilt hatte. Niemand öffnete.

Er ging die Geschäfte auf der Avenida Santa Fe ab, rief wieder Alberto an, lief bis Callao und dann in Richtung Corrientes. Er hatte die Büronummer eines Bekannten der Uruguayer-Gruppe, dem er einmal Visitenkarten gedruckt hatte. Der wußte von nichts und war beunruhigt. Als er Alberto auch beim dritten Mal nicht erreichte, rief er bei der Mutter an. Die Frau war völlig aufgelöst. Sie hätten Alberto und ihre Schwiegertochter abgeholt, die Druckerei kurz und klein geschlagen, er solle nicht mehr anrufen, müsse ihr jedoch die Verwüstungen in der Mietwohnung bezahlen. ›Was denn . . .?‹ konnte er noch sagen, bevor sie auflegte. Abermals ging er zu Tinas Freundin und klingelte so lange, bis eine Nachbarin ihm erzählte, daß das Mädchen umgezogen sei. Er fuhr hinaus nach Moreno zu seinem Bruder.

Den restlichen Nachmittag unterhielt er sich mit der Schwägerin und spielte mit den Neffen, bis sein Bruder von der Arbeit kam und mit ihm ein Bier trinken ging. Arturo bat ihn dringlich, auf den Polizeirevieren nach ihr zu fragen. Er schlief bei den Neffen, im Bett des jüngeren, während seine Schwägerin versuchte, ihre Stimme zu bändigen. Am nächsten Morgen sah sein Bruder übernächtigt aus. Sie tranken schweigend Mate, und der Bruder forderte ihn auf, bis zur Haltestelle mitzugehen, wo er den Bus zur Fabrik nahm. Als der 86er um die Ecke bog, drückte er ihm etwas Geld in die Hand und bat ihn vor dem Abschied, ihm nicht das einzige zu nehmen, was er hatte.

Arturo fuhr wieder ins Stadtzentrum und rief erneut bei dem Bekannten mit den Visitenkarten an. Wenn ich etwas erfahre, rufe ich zurück, sagte der, obwohl Arturo telefonisch gar nicht erreichbar war. Er las die Schlagzeilen, kaufte eine Zeitung, ging bei Constitución zur U-Bahn hinunter, blieb zwei Stunden im Untergeschoß und musterte die Leute, die die Drehkreuze passierten. Dann fuhr er bis 9 de Julio und verbrachte in der Station und ihren Verbindungsgängen zwei weitere Stunden, ging zum Busbahnhof in Retiro und lehnte sich gegen ein geschlossenes Schalterfenster, bis eine Polizeipatrouille mit Hunden auftauchte und er den Standort besser aufgab. Er rief die Mutter seines Kompagnons an und legte wieder auf, bevor sie abnahm, durchsuchte sein Adreßbuch nach jemandem, der für nichts und niemanden Verantwortung zu tragen hatte, fand die Telefonnummern seiner Kunden, der Freunde, die er aus den Augen verloren hatte, die einer Exfreundin, besorgte sich ein Telefonbuch und rief bei einigen Krankenhäusern an, die er sich willkürlich herauspickte. Dann wählte er Albertos Nummer und lauschte dem endlosen Klingeln.

Am Nachmittag trank er einen Kaffee in einer Bar in der Córdoba, steckte die Zeitung in die Tasche und machte sich zu ihrer Wohnung in Colegiales auf. Er trat ins Mietshaus und nahm die zwei Stockwerke zu Fuß, um vor dem Portier oben zu sein, der ihm hinterherkam und schrie, er solle verschwinden. Die Tür war in der Mitte eingeschlagen. Er mußte nur eine Hälfte zur Seite drücken, um die zertrümmerten Möbel, die Scherben, die verstreuten Bücher zu sehen, die alte Underwood mit verbogenem Wagen, dazwischen ein unversehrter Porzellanteller und das Gehäuse des Fernsehers. Er wollte nicht hineingehen, sah jedoch Tinas Schmuckschatulle auf dem Boden, steckte sie in die Tasche und ließ sich vom Portier, der ihn am Arm zog und unentwegt schimpfte, auf die Straße schleifen.

Er ging wieder die Bars auf der Corrientes ab, eine nach der anderen, suchte nach einem bekannten Gesicht, traf einen Studenten, den alle Rastrillo nannten, aber der hatte sie schon lange nicht mehr gesehen. Er glaubte, jemanden unter den Passanten zu erkennen, folgte ihm bis zu einem Kino, sprach ihn in der Schlange vor dem Kartenschalter an, entschuldigte sich wegen der Verwechslung und lief fast die ganze Nacht hindurch die Callao und die 9 de Julio ab, erst auf der einen Straßenseite, dann auf der anderen. Schließlich kaufte er sich Kartonwein und verzog sich in die hintersten Winkel des Retiro-Bahnhofs. Er trank gegen die Achse eines Güterwagens gelehnt, ließ sich von der Kälte umhüllen und schlief ein.

Am nächsten Tag hielt er sich bis mittags in der Bahnhofshalle auf. Am Nachmittag durchlief er die Viertel Constitución und Once, und eine ganze Woche lang zog er durch Krankenhäuser und kehrte zu den Bahnhöfen zurück, die Tasche über der Schulter, darin ihre Anziehsachen, die Schmuckschatulle, die Tageszeitungen, die er sich nachts in die Kleidung stopfte, um sich zu wärmen. Stundenlang schaute er, manchmal blicklos, auf die Reisenden, die aus den Zügen stiegen, oder lief einem Kurzhaarschnitt hinterher, einer bestimmten Figur, einer Gangart, denn die Menge ist ein Geheimnis in Bewegung.

Nach einigen Tagen war sein Sakko zerknittert, der Bart gewachsen, die Hosen befleckt, und er unterschied sich kaum mehr von den Bettlern, die um die Schalter strichen. Er nahm sich eine weggeworfene Dose und wurde einer von ihnen. Er hatte Angst vor den Polizisten, die die Bahnhöfe überwachten, und brauchte einen Vorwand, aber ebenso Geld. Er hoffte, sie zu sehen, sie oder jemanden, der ihm eine Erklärung gab, denn er fürchtete, sie könnte tot sein oder in einem der Geheimgefängnisse, wie sie die Flugschriften anprangerten, die er mit Alberto gedruckt hatte, und er vertraute auf die sich häufenden Stunden wie ein Fischer auf die unsichtbaren Tiefen des Meers. Manchmal stellte er sich vor, wie sie starb, und spähte wieder in die Menge, die den Zügen entstieg, bis ihn das Narkotikum der Gesichter, Anzüge und Schuhe betäubte, dieser geballten Menschenmenge, deren Unterschiede in einer einzigen diffusen Gestalt verschwammen. Er wechselte Uhrzeit, Schalter, Bahnhof, bis ein Schwindelgefühl ihn zwang, die Augen zu schließen.

Zwei Wochen machte er so weiter, bis sich eines Nachmittags im Retiro-Bahnhof wie ein Fisch aus dem Schwarm einer von denen aus der Menge löste, die immer in der Ramos-Bar zusammengekommen waren. Er hatte zu dem Mann, der gerade ein paar Münzen in seine Dose fallen ließ, aufgeblickt und gesagt: Du bist Pablo. Er hieß nicht Pablo, aber es war der, der immer Perón verteidigt hatte. Er stand auf, zog ihn am Arm beiseite, und der andere brauchte eine Weile, bis er ihn erkannte. Zwei Tage zuvor habe er Tina bei einer Versammlung gesehen, unmöglich könne er ihm Ort und Umstände verraten. Er solle sich beruhigen, es gehe ihr gut, und er versprach, in Erfahrung zu bringen, wie er in Kontakt mit ihr treten könne, weigerte sich jedoch, ihm eine Telefonnummer zu geben. Arturo fiel auf, daß der andere sich unschlüssig war, ob er ihn nach seinem Leben fragen oder einen Schein in die Dose stecken sollte, die er in der Hand hielt, sah ihn jedoch gleich Abstand davon nehmen und voll Unbehagen auf die Uhr schauen. Er bestellte ihn für den nächsten Tag zur gleichen Zeit an denselben Schalter. Während er sich entfernte, drehten sich die großen Rundbogen des Bahnhofs seltsam vor seinen Augen. Arturo machte sich zum Ausgang auf, sah ihn plötzlich wieder, wie er in den Zwölfer stieg, und lief los. Er holte den Bus an der Ampel Ecke Libertador ein, stemmte sich gegen die Tür, die der Fahrer nicht öffnen wollte, und trommelte mit Händen, Fäusten und Füßen gegen Fenster und Türen, bis der Bus losfuhr und sich im Verkehr verlor.

In dieser Nacht befreite er sich von Tinas Kleidern und hatte beinahe auch die Schmuckschatulle in den Müll geworfen. Er hatte ein paar Äpfel gestohlen und schlief neben den Gleisen. Den Perón-Freund traf er nicht wieder, weder am nächsten Tag noch an den folgenden. Er ging nicht mehr durch die Bahnhöfe, hielt nicht mehr Ausschau. Teilnahmslos lebte er zwischen den Waggons von Retiro, am Hafen, unter den Brücken, und sein Gehirn schien sich in primitive Wahrnehmungssplitter zergliedert zu haben. Jedes Steinchen Wirklichkeit wurde zur ganzen Realität. Besonders erschreckend Tinas Gelächter, ihr magerer, knochiger Körper, ihr Ungeschick, ihre Augen. Er stellte sich vor, daß sie irgendwo in der Stadt lächelte, Dinge ansah und berührte, von denen er nichts wußte; daß sie in einem fremden Bett schlief, mit fremden Menschen sprach, und immer wieder sagte er sich, daß er nicht seinen Mann gestanden hatte. Neben dem Gefühl, ihrer nicht wert gewesen zu sein, schmerzte die Grausamkeit des Glücks.

Eine Zeitlang lebte er unter den Stadtstreichern, Verrückten und Vagabunden, die sich bei den Gleisen und im Palermo-Park herumtrieben, bis er aus unerfindlichem Grund zu der Überzeugung gelangte, wenn Tina lebe, müsse er sterben. Er versuchte sich an den Stromschienen umzubringen. Der Stromschlag schleuderte ihn zwei Meter weit fort, ein paar Kinder aus der Armengegend von Retiro saßen auf einem Erdhügel und schauten neugierig zu. Sie benachrichtigten die Anwohner, man rief eine Ambulanz und brachte ihn ins Krankenhaus. Dort wusch man ihn, schnitt ihm die Haare, versorgte seine Wunden, und während die Welt eine weiße Gestalt annahm, mit Kacheln und weißem Licht, mit Krankenschwestern, Ärzten und heruntergekommenen Gängen, wurde inmitten dieses Schreckens der Name seines Bruders in Buenos Aires an die Oberfläche gespült. Der Bruder holte ihn aus der Klinik, nahm ihn mit nach Hause und begleitete ihn eine Woche später zum Hafen am Tigre. Sie nahmen ein Passagierboot zu einer Ferieninsel auf dem Guazú und setzten noch in derselben Nacht mit Schmugglern zum uruguayischen Palmira über.

Arturo sprach kaum ein Wort. Verlegen wich er seinen jüngeren Brüdern aus, betrachtete das Haar seiner Mutter, schämte sich seiner eigenen Jugend, verbrachte den Tag unter den Weinranken vor dem Haus, starrte mit verlorenem Blick auf die Straße, bis es Zeit zum Essen oder Schlafen war. Nichts fiel ihm schwerer, als einen Grund zum Aufstehen zu finden, und vorhin hatte er bei Camboyas Erzählung, wie sie sich gegen die Vorwürfe des Vaters zur Wehr gesetzt hatte, seine Bewunderung verbergen müssen. Die Kraft, die Vehemenz ihrer Argumente erstaunten ihn so sehr wie das Fehlen eines solchen Stolzes bei ihm damals, als ihn der Kleinmut so fest gepackt hielt, wie ein Mensch nur ertragen kann. Die Worte des Mädchens hatten ihn in die Enge getrieben, er rieb sich die Augen, stocherte mit einem Akazienzweig in der Glut im Herd, und Camboya glaubte, er höre nicht mehr zu, und verstummte. Im Grunde war sie erleichtert, denn ihr schien, sie hatte alles nur noch verworrener gemacht, mehr als nötig erzählt und bloß dumm angegeben.

›Eure Haustür, was hat die für eine Farbe?‹ fragte Arturo, und Camboya lächelte. Weil er auf der Fahrt alles andere als nett gewesen war, jedoch nicht den geringsten Versuch unternommen hatte, sie anzumachen, überwog trotz Mißtrauen die Neugier. Was fragte er sie da? Bestimmt war sie in die Hütte eines Sonderlings geraten, der kaum die Absicht haben würde, ihr bei der Suche nach dem Ausweis zu helfen. Sie hatte ihn wieder angelogen, aber nur, was die Abtreibung anging, denn eine Schwangerschaft schützte sie, wie ihr schien, und da es Selbstverteidigung gewesen war, machte sie sich keine Gedanken und erwiderte: grün, sie sei grün, von einem ekelhaften Flaschengrün, und sie kenne Valizas von klein auf, da sie mit den Freunden einer Tante hier Urlaub gemacht habe. Die hätten eine Hütte in Flußnähe und eine Tochter in ihrem Alter gehabt und sie im Sommer mitgenommen, und vielleicht, sagte sie, sei sie deshalb hergekommen. Oder es sei Karma. Nicht zu ändern.

Arturo nickte ein paarmal und schwieg.

›Viel Spaß hatte ich hier nie‹, setzte sie hinzu, ›aber . . .‹

›Du bist mit deiner Tante gekommen.‹

›Nein, allein‹, entgegnete Camboya. ›Meine Tante war schon tot.‹

Er zog eine Augenbraue hoch, und Camboya staunte über ihre Worte. Nicht über die unnötige Offenheit, sondern über ihr zitterndes Kinn, als hätte sie etwas gegen ihren Willen ausgesprochen.

›Das tut mir leid . . .‹, entschuldigte er sich.

›Muß es nicht. Ich kannte sie nicht mal.‹

›Ich verstehe.‹

›Unmöglich. Das gehört zu den Dingen, die sich nie wirklich begreifen lassen.‹

Sie hörten ein Donnern, begleitet von sanftem Regenrauschen, als fiele ein Seidenkleid vom Himmel. Arturo hatte den Eindruck, das Mädchen widerspreche ihm aus einer bloßen Laune heraus, wie er es schon manchmal bei Schwangeren erlebt hatte, die nicht etwa der Drang, Leben hervorzubringen, verstörte, sondern die aus Mattigkeit reizbar und unbeholfen waren. Ihm kam Irmas praller Bauch in den Sinn, als sie die erste Nacht zusammen ins Bett gegangen waren, und gleich danach eine trächtige Hirschkuh, die im hohen Steppengras aufgetaucht war, wo sie sich mit der Last zweier Jungen niedergeworfen hatte. Träge hatte sie die Witterung aufgenommen, und seine Kugel traf sie zwischen den Rippen. Vom Sumpfloch aus, wo er immer noch mit seiner alten 22er in der Hand lag, sah er, wie ihre Beine zuckten, und er schloß die Augen. Er schloß sie, preßte sie fest aufeinander, als könnte er den Irrtum ungeschehen machen, der sie ihm über den Weg geführt hatte.«

»Sie meinen, er hat es bereut?« fragte Ema.

»Ich meine, er hätte sich lieber die Kugel gespart und den Kummer, aber er ließ sie auch so zurück, ohne Leder und Hirschkälbchen.«

»Die hat er also gegessen.«

»Das hat er.«

»Es ist gut, eine Frau zu sein«, sagte sie und nahm das Strickzeug wieder auf.

»Das Fleisch ausgewachsener Hirsche schmeckt nicht. Zu faserig, zu mager . . .«

»Weshalb erzählen Sie mir das?«

»Verzeihung. Ich hätte mir denken müssen, daß . . .«

»Denken Sie sich lieber nichts. Sie müssen sich nichts denken. Erzählen Sie nur, wie der Schwachkopf dazu kam, sich um die Mutter zu kümmern und später solchen Blödsinn über Schwangere zu reden.«

»Einverstanden, aber ich glaube, man fragt nach Ihnen . . .«

Hinter der Theke hatte ihr Mann gerade ein Glas Zuckerrohrschnaps geleert und schaute auf einmal in unsere Richtung. Aus der Entfernung von fünf, sechs Metern konnte ich nicht erraten, was sein Interesse erweckt hatte. Sie blickte ihn an, wandte sich zu mir und deutete aufs Fenster, an dem gerade eine etwas jüngere Frau vorüberging, das Haar zusammengebunden, leicht geschlitzte Augen in einer Replik von Emas Gesicht, ihrer Stirn, ihrer Wangenknochen, sie hatte die Schultern nach hinten gedrückt, um sich gegen die Last einer Schwangerschaft zu stemmen, die sie schließlich durch die Tür schob. Statt zu grüßen, blickte die Eingetretene zu Boden, sagte etwas von einem Kleiderschrank, und der Mann kam hinter der Theke hervor und folgte ihr zur Rückseite des Hauses.

»Also ...«, sagte Ema fordernd.

»Ihre Schwester ...«

»Ja, ja, aber erzählen Sie weiter, Sie sind mir noch einiges schuldig«, sagte sie und ging zur Theke, rückte Flaschen zurecht, wusch Gläser ab, wischte mit einem Lappen über das Holz.

»Arturo saß also in der Weinlaube, sah abwesend auf die kleine weiße Haustür, ein Weiß, das auch ein Grün oder ein Blau oder jede andere Farbe hätte sein können, Pigmente auf einer Holz- oder Eisenfläche, die den Blick verschluckten, und so saß er Tag für Tag unter den wachsamen Augen der Mutter und der Brüder, bis er sich eines Morgens die 22er griff, die seinem Vater gehört hatte, eine Schachtel deutscher Munition kaufte und die alte Straße Richtung Punta Chaparro nahm, während die Sonne auf die Steine niederknallte und sich der Staub unter den Pappeln sammelte.

Schon bald kletterte er über einen Drahtzaun und durchquerte brachliegende Felder mit dem Gefühl, daß seine Familie, Palmira, alles Erlebte mit dem Gewicht seines Körpers die trockene Erde, das harte Weidegras und die fernen Schattenrisse der Bäume erzittern ließ. Er watete durch Viehtränken, umging weitläufig den Gutshof und drang ins Dunkel des Waldes vor, ohne an sie zu denken, doch ohne ihr Fortsein abschütteln zu können.

Später trat er hinaus aufs freie Gelände und lief zwei Stunden in Richtung Norden. Als er die Gegend von Seré erreichte, wandte er sich nach Westen, bahnte sich seinen Weg durch Wasserdoststräucher und ging wieder Richtung Norden über schlafende Felder, abseits von Vieh und Höfen. Je mehr er sich von ihnen entfernte, desto deutlicher vernahm er seinen Atem in der Stille des Nachmittags, die dem freien Himmel und dem Vogelgezwitscher gehörte, und während er in diese Weite vordrang, schien ihm, als bestünde er aus nichts anderem mehr als aus dem Schnauben seines Atems, wo kein Erinnern mehr Platz hatte. Das brachte ihm Erleichterung.

Beim Überqueren der Flußmündung tauchte er mit hochgehaltener Flinte ins Wasser, doch die nächsten beiden Bäche waren weniger tief, und er legte weitere zehn Kilometer am Ufer des Catalán zurück, während die Sonne als goldene Träne hinter den Bäumen versank. Er schlug sich in das Dikkicht am Rand eines Abzugskanals, wo es spät hell wurde und früh dunkel, und nahm sich vor, nicht beliebig zu töten, keine Schafe zu schlachten, kein Mitleid zu empfinden.

Er hatte Probleme beim Anlegen der 22er und mußte sich von wildem Honig ernähren, der ihm Blähungen verursachte und schwer im Magen lag. Aber als er lernte, wo er suchen und wie er sich zum Wind stellen mußte, gelang es ihm, eine seiner letzten Kugeln in der Lunge eines Axishirschs zu versenken. Drei Jahre lang verkaufte Arturo Hirschleder an einen Deutschen auf den Flußinseln. Das war sein einziger Kontakt mit Menschen, und selbst Don Bergen, seine paraguayische Frau und seine Töchter hätten nicht mit Gewißheit sagen können, wo er lebte. Für mehr als ein Glas Zukkerrohrschnaps konnten sie ihn nicht zurückhalten, wenn er sich auch zwei Flaschen mit auf die Fähre nahm, die ihn mit seinen Vorräten wieder ans uruguayische Ufer brachte. Allzu viele Verrückte strichen durch die Gegend, und alle empfing Bergen mit einem Lächeln und einer Smith & Wesson unter der Theke, wo er ausschenkte und bedächtig trank. Er verstand sich mit Arturo, der nie mit ihm handelte, und wenn er sah, wie er sich auf dem Fluß entfernte, nachdem er mit der ältesten Tochter in der kleinen Hütte hinten verschwunden war, fragte er sie nach dem, was sich zu wissen lohnte. Aber Arturo gab kaum etwas preis, ob angekleidet oder während er das Mädchen hartnäckig und schweigend bestieg.

Das erste Jahr war schlecht, ein gutes folgte, dann wieder ein schlechtes. Wenn die kleinen Rudel dem Vieh zu nahe kamen, ließ er von ihnen ab, um den Viehknechten und Hunden aus dem Weg zu gehen. Dann stellte er Fallen für Füchse und Wildkatzen auf, die er bei Bergen kaufte und die selten funktionierten. Die meiste Zeit über litt er Not, aber er mußte vergessen, und er vergaß angesichts der Dringlichkeit, sich zu ernähren, zu jagen, das Leder zu präparieren und die gehäuteten Hirsche oben in den Baumkronen zu verstecken. Er zog sie mit Seilen hinauf, damit sie so lange wie möglich frisch blieben, und wenn er sie nachts dort hängen sah, sagte er sich, daß er schlimmer als ein Tier lebte.

Aus jenen Jahren sollte Arturo die Langsamkeit bewahren, mit der er sich selbst begriff. Es gab Tage, an denen er verzweifelte, irr vom Alkohol, Tage, an denen er es satt hatte, Blut zu vergießen, Tage, die er unter dem Schutzdach verbrachte, während seine Füße aufweichten, die lehmige, körnige Erde im Regen glänzte, die kristallene Schmuckschatulle sich mit Schlamm und Kieseln bedeckte, darin versiegelt die gemeinsam verbrachten Jahre und die, in denen er sie noch nicht gekannt hatte, mit ihren Eltern, ihrem kleinen Bruder, dem Denunzianten.«

»Was sagen Sie da?« fragte Ema und kehrte zum Tisch zurück.

»Kurz nach ihrem Kennenlernen hatte Tina ihm erzählt, daß sie Montevideo hatte verlassen müssen, weil ein Genosse im Gefängnis sie verpfiffen hatte, aber später gestand sie ihm, daß es ihr Bruder gewesen war.«

»Der in Barcelona?«

»Der andere, der damals verhaftet worden war, mit zwei Parteifreunden und dem geringen Mut seiner achtzehn Jahre, mit dem er Foltern zu begegnen hatte, die er sich nicht ausmalen wollte. Sie lebte bei einem Ehepaar, Sympathisanten der MLN, denn ihr Elternhaus hatte sie bereits verlassen, um ihre Familie nicht hineinzuziehen und nicht mehr mit Pola streiten zu müssen. Sie konnte sich retten, weil sie noch einmal zur Universität zurückgegangen war, um Bücher zu holen, und von der Ecke aus sah, wie zwei Streifenwagen vor dem Gebäude hielten. Sie nahmen ihre Genossen fest und andere Aktivisten der kommunistischen Partei, die mit ihrem Bruder zusammengearbeitet hatten. Aber erst auf der Flucht ein paar Tage später erfuhr sie all das von dem Kontaktmann, der sie bei Salto über die Grenze brachte. Tina mußte ihre Scham überwinden, um ihm davon zu erzählen, denn sie hatte mit niemandem je darüber gesprochen und wußte oder glaubte zu wissen, daß Ernesto im Gefängnis damit fertigwerden mußte. Pola hatte sie nichts erzählt, es war ein Geheimnis, das zu wahren sie beide das Gefängnis und das Exil nötigten, bis sie sich endlich ins Gesicht schauen und vielleicht Erleichterung finden könnten, wie auch erlittenes Unrecht durch Schmerz erleichtert wird. Die Ungewißheit quälte sie, unter welchen Umständen Ernesto ihre Adresse hatte verraten müssen und was genau ihre Vergebung, ihren Trost erforderte und auf was sie vielleicht allzulange Jahre würde warten müssen, um noch das Vertrauen wiederherzustellen, das sie im geheiligten Glauben der Kindheit verbunden hatte.

Diese und andere Geschichten entströmten der kleinen Schmuckschatulle, die Arturo in der Wildnis befühlte wie einen unnützen Talisman der Vergangenheit, den seine Finger jedoch fest umschlossen. Einmal verließ er den Abzugskanal früh am Morgen, bevor es noch hell geworden war, da er die Hirsche in einem Umkreis von mehreren Meilen suchen mußte, und stolperte über einen Stein. Kaum war er wieder aufgestanden, konnte er die Zweige sehen, den Wasserlauf, das Flußbett, das Feld, wo Sekunden vorher noch nichts zu sehen gewesen war. Da gab es Schatten unter dem rötlich-blauen Himmel. Schemen, die sich gegen das Licht abhoben, zurückgehalten vom Halbdunkel, während eine schmale rote Linie den Horizont skizzierte. Ihm war, als wäre die Welt finster und finster auch ihre Kreaturen; als gäbe die Sonne den Dingen jeweils einen anderen Anschein am Morgen, am Nachmittag und am Abend und überantwortete am Ende alles wieder der ewigen Schwärze. Daß das Licht eine Täuschung war, erlaubte ihm, so seltsam es klingt, ohne Groll an Tina zu denken und zu begreifen, wie sehr er sich selbst geschadet hatte. Er brauchte diese pathetische Offenbarung als Schutzmantel für seine Schwäche, ganz wie bei den ehemaligen Alkoholikern, und wenn er am Ende auf der alten Straße von Punta Chaparro nach Palmira zurückkehrte, mitsamt der Flinte, der kleinen Messertasche, einer Jacke und der Schmuckschatulle, dann, weil ihn kein Geheimnis mehr umtrieb.

Er half seiner Mutter mit dem Haus und den Brüdern, überwand sich wieder zu sprechen und gewöhnte sich langsam daran, erledigte Maurerarbeiten, betätigte sich als Zimmermann in einer Werft in Carmelo, und im Laufe von fünf Monaten baute er sich eine kleine Wohnung auf dem Familiengrundstück, jätete das Unkraut, entfernte das Gestrüpp, bewässerte den Boden und verteilte Kuhfladen. Nach einem Jahr hatte er einen Gemüsegarten und eine kleine Baumschule und blickte wie die anderen Männer vor Bermúdez' Hotel auf die Küste, von einer stillen Unruhe erfüllt wegen etwas, was sich nie wirklich ankündigte, nie wirklich verschwand. Dort sah er zum erstenmal Doghram eingehakt bei seiner Frau mit den beiden Mädchen vorübergehen. Er mit einem Strohhut, immer einen halben Schritt voraus, als wollte er schneller vorankommen oder den Spaziergang rasch hinter sich bringen. Er musterte ihn mit gemächlicher Neugier und hörte um sich herum die ersten Kommentare, die sich das Haus, die Herkunft, Doghrams Absichten zu erklären versuchten, während er sich über ein paar Araukarien ärgerte, die man ihm nicht geliefert hatte, und über die Arroganz eines Aufsichtsbeamten vom Hafen, der sich auf die Theke stützte und mit seinen Verbindungen zur argentinischen Hafenbehörde prahlte. Damals tauchten auf den Flußinseln Leichen auf, in bräunliche Decken gewickelt und zweimal mit Draht umwunden. Einige hatten nachts auf Naranjo oder Sauce die Rotoren der Hubschrauber gehört, die gewaltigen Nachtvögeln glichen, und andere hatten sie bei hellichtem Tag gesehen. Man erzählte sich, daß Andreu, der Verrückte, die Bündel aufschnürte, um nach Goldfüllungen zu suchen, und daß die meisten Gebisse jung waren, jedenfalls trug er einen Stoffbeutel bei sich, holte seine Goldkörnchen hervor und rollte sie zwischen den Fingern. Arturo hatte keine Mühe, zu trinken und sich Andreu und aller Welt zum Trotz die Gewißheit zu bewahren, daß Tina noch immer die Handflächen nach oben hob, als wollte sie sich entschuldigen, ihre Augen lachen ließ und einen Spaß mit ihrem Gegenüber machte. Immer, wenn er in der Zeitung eine Nachricht über einen Zusammenstoß mit dem Militär, eine Flucht, einen Unfall, irgendeine Liste von Opfern las, suchte er nach ihr, erwartete jedoch, sie nicht zu finden, und mit dieser Probe aufs Exempel erhielt er sie am Leben, auch wenn sie für ihn nur in der Erinnerung greifbar war. Denn nun konnte er sich an sie erinnern, und das Erinnern war eine Art, sie zu vergessen.«

»Hat er nicht geheiratet?«

»Nein. Aber er hatte zwei Frauen. Zuerst Zulma. Eine Lehrerin aus Palmira, die er kurz nach Ende der Diktatur kennenlernte. Zwei Jahre lang versuchte sie ihn zu überreden, ihr Glück in Buenos Aires zu versuchen. Ihr graute davor, in den Straßen ihres Städtchens festzusitzen, sie nahm schließlich die Fähre ans andere Flußufer, Arturo half ihr mit Sack und Pack und ihren Illusionen und verabschiedete sie am Kai mit dem Versprechen zu schreiben.

Irma lernte er einige Jahre später kennen, im Bordell hatte man sie gerade auf die Straße gesetzt, weil sie Mutter von zwei Kindern und im vierten Monat schwanger war. Er nahm sie bei sich auf, und sie lebten fast zehn Jahre zusammen, wenn er ihr auch nie mehr als freundliche Zuneigung bewies, deren Grundlage seine Liebe zu ihren Kindern war, um die er sich kümmerte, als wären es die eigenen. Arturo verlangte von ihr, daß sie gut für die Kinder sorgte, er war sich bewußt, daß er sie und sie ihn vor nichts würde retten können, daß die Kinder jedoch die Chance auf ein besseres Leben hatten. Kurz nachdem Arturo bei Doghram angefangen hatte, zog Irma nach Durazno, denn ihre Mutter war gestorben, hatte ihr ein Haus hinterlassen, und sie war es leid, sich ständig wegen einer Güte in der Schuld zu fühlen, die dick wie eine Mauer war und ihr den Blick auf die andere Seite versperrte. Sie ahnte, daß auf der anderen Seite etwas war, was niemals ihr gehören würde. Für ihn war es schwieriger, von den Jungen Abschied zu nehmen, die älteren, schon Teenager, waren böse auf die Mutter und auf Arturos Schweigen, das sie ihm nicht verzeihen konnten.

Während dieser Jahre hatte er in seiner Baumschule gearbeitet und Gelegenheitsjobs angenommen, hatte mit Irma zusammengelebt und sich zu den Männern am Flußufer gesellt, im Wissen, daß er sich einmal aufgegeben und das wenige, was er besaß, aus seinen Trümmern aufgebaut hatte. Daß das eine andere Form der Feigheit war, begriff er erst, als er Rosie kennenlernte.«

Sechs

Als der Mann zurückkehrte, hinkte er auf dem linken Bein. Er trat hinter die Theke, holte einen Werkzeugkasten hervor, dann ein altes Radio und begann es auseinanderzunehmen.

»Verrückte Weiber«, sagte er. »Allesamt übergeschnappt.«

Ema musterte ihn aufmerksam.

»Sie sagt, der Kleiderschrank sei zu klein. Sie will ihn nicht.«

Seine Stimme war belegt, und er rieb sich verärgert den Hals.

»Wenn die beiden nicht mit dem Stricken aufhören, reicht kein Kleiderschrank mehr, der ins Zimmer paßt«, setzte er hinzu, während Ema die rechte Stricknadel wie eine Maschine im Rhythmus eines fliegenden Schiffchens bewegte.

»Die bringen mich noch ins Grab. Und das Baby auch«, wetterte er weiter, goß sich das nächste Glas ein, nahm das Gehäuse des Radios ab und legte es zur Seite.

»Soll ich lieber gehen?« flüsterte ich.

»Sie ist eben anspruchsvoll. Von klein auf nur das Beste...«, sagte sie leise und legte mir die Hand auf den Arm. Als sie sich zu mir wandte, war das Lächeln auf ihren Lippen bereits aus den Augen verschwunden. Sie musterte mich ein paar Sekunden und wiederholte:

»Rosie. Rosita Doghram. Sie wollen mir einfach nicht erzählen, was mit ihr passiert ist.«

»Vielleicht möchten Sie das lieber auf später verschieben.«

»Nein. Solange er eine Flasche und ein Radio zum Basteln hat, wird er nicht stören.«

»Also gut, aber ich möchte Ihnen keine Unannehmlichkeiten bereiten.«

»Keine Sorge. Nur weiter, weiter.«

»Eines Morgens sah Rosie Arturo am Ende des einsamen Eichentischs in der Bibliothek sitzen. Sie hatte ihn so entschieden aus ihrem Geist verbannt, daß sie ihn erst nicht erkannte. Als Arturo aufblickte, drehte sie sich rasch um und ging zu Virginias Schreibtisch, der zum Glück nicht besetzt war, denn sie hätte gemerkt, daß sie kaum Luft bekam, so fest drückte sie die Bücher gegen die Brust. Sie wartete ein paar Sekunden, und wenn sie das Knarren der Treppe auch erleichterte, brachte sie kein Grußwort hervor, als die Bibliothekarin vor ihr stand, sondern nur etwas, was nicht einmal für sie selbst hörbar war. Virginia fragte, ob sie sich setzen wolle, und sie ließ sich in den Stuhl fallen, hielt Virginia jedoch mit einem Ausruf zurück, als sie ihr ein Glas Wasser holen wollte, und reichte ihr so hastig die Bücher, daß sie zu Boden fielen. Sie bat um Entschuldigung und war wieder wie gelähmt. Virginia fragte, was sie diesmal mitnehmen wolle, und Rosie sagte, die nächsten drei Romane der Reihe.

›Der nächste ist ausgeliehen‹, rief ihr Virginia vom Regal aus zu, ›und mir scheint, *Jagd im Nebel* hast du schon in einer anderen Ausgabe gelesen.‹

›Ich nehme es noch mal‹, entgegnete Rosie, und Virginia begriff, was für eine Entdeckung sie eben gemacht hatte, verbuchte die Bücher, gab sie ihr und ließ sie fliehen, ohne sie weiter aufzuhalten.

Da Arturo seit sechs Tagen von halb zehn bis mittags dort

saß, vertieft in eine Gezeitentabelle, war sie überzeugt gewesen, daß er auf jemanden wartete. Sie hatte ihn noch nie in der Bibliothek gesehen, auch wenn ihr die Kollegin vom Nachmittagsdienst gesagt hatte, er habe vor einigen Jahren Gartenbücher eingesehen, und von ihrem Schwager wußte sie, daß er eine Frau aus dem Bordell geholt und diese ihn verlassen hatte. Doch sie wußte nicht, auf wen er wartete, und als sie Rosie sah, war sie dankbar, daß das Geheimnis nichts mit den kleinen Schmuggeleien zu tun hatte, die ihr Palmira für gewöhnlich bot.

Kurz darauf stand Arturo auf und ging, aber Virginia sah ihn zwanzig Tage später wieder mit denselben lehmigen Schuhen eintreten, die ein dunkles Sakko überspielen sollte, er bestellte sich ein botanisches Wörterbuch und setzte sich fünf Tage lang bis mittags an die hinterste Ecke des Tischs. Virginia zeigte ihm ein Werk über Vögel, und mit einem Enthusiasmus, der ihr schon lange abhanden gekommen war, empfahl sie ihm weitere Bücher, mit denen er sich die anderthalb Stunden des Wartens zerstreuen konnte.

Das zweite Treffen wiederholte die Verlegenheit des ersten, nur hatte sich Rosie diesmal ihr Haar gewaschen – das bemerkte nicht Arturo, sondern Virginia –, und als er aufblickte, schaute sie ihm in die Augen. Während Virginia ein paar Schulbücher einräumte, stellte sie sich vor, daß sie ihn voll Angst nach seinen Absichten fragte, aber auch voll Hoffnung, herauszubekommen, womit sie rechnen konnte, und da Arturo der Frage mit einem sanften Nicken auswich, erwiderte Rosie seinen Gruß und wandte sich demonstrativ zu Virginia um. Sie tauschten Bücher aus, die Nachricht über eine bevorstehende Spende und schließlich ein verlegenes Lächeln, nach dem beide die Augen niederschlagen mußten.

Arturo hatte keine Chance, sie nach Hause zu begleiten,

ohne daß es Gerede gegeben hätte, oder sie anderswo zu sehen, und so fand er sich im Folgemonat wieder in der Bibliothek ein, und diesmal schaffte es Virginia, daß Rosie sich an den Tisch setzte und englische Stiche ansah, während sie aus dem Saal verschwand, um Tee zu kochen. So hatte sie es in der Hoffnung auf ein Ereignis geplant, dessen einzige Zeugin sie sein würde. Niemandem hatte sie etwas erzählt, ihr Privileg wollte sie nicht aufs Spiel setzen. Arturo sah, wie das Licht durch das Fenster auf Rosies Schultern und Arme zu beiden Seiten des Buches fiel und daß ein Schattenkegel das gesenkte Gesicht abschirmte. Eher unschlüssig als vorsichtig schaute er sie an und wußte, daß sich keine bessere Gelegenheit bieten würde und daß ihn dennoch fern von der Linde und den Vögeln das Schweigen in diese Art Verwirrung stürzte, die Rosie in ihm neu entfacht hatte. Er malte sich aus, daß er sie nach Sarah fragte, daß er sein Kinn in die Hand stützte oder, besser noch, zu ihr ging, sich hinter sie stellte und über sie beugte oder daß er sein Buch schloß und bloß eine lustige Bemerkung machte oder wenn schon nicht lustig, dann wenigstens ungewöhnlich oder melancholisch, aber am Ende verwarf er all diese möglichen und unmöglichen Varianten, und als Virginia in den Saal zurückkam, überfiel ihn tiefe Scham. Rosie schlug ihr Buch zu, gab es zurück, wechselte ein paar Worte mit Virginia und ging. Aber vorher warf sie ihm einen Blick zu, und was Arturo voll Überraschung in ihren Augen sah, war Dankbarkeit. Ein strahlender, dankbarer Abschiedsgruß, weil sie sich von einem Anspruch befreit sah, der ihr den Atem nahm und an der Welt zu zerschellen drohte, die Thomas für sie erfunden hatte.

Arturo stand auf und ging ein paar Minuten später, während Virginia mit den Fingernägeln auf das Buch mit den Stichen trommelte. Draußen auf dem Gehweg zündete er sich eine Zigarette an und wiederholte sich, daß er zu alt für solche Geschichten war. Er hatte den Schwung, das Geschick verloren und zu viele graue Haare, um Rosie umwerben zu können. Hatte er nicht schon geliebt? Gab es nicht ein Alter, in dem man Gelegenheiten und Niederlagen, ob verdient oder nicht, wie etwas akzeptierte, was einem im Innersten geprägt hatte, was jedoch nicht mehr der Lächerlichkeit preisgegeben war, die Zeit zurückdrehen zu wollen? Jahrelang hatte er gut damit gelebt, hatte sich nichts weiter vorgenommen, als Irmas Kinder aufzuziehen, einen Grund zu finden, morgens aufzustehen und über der gesammelten Ruhe der Pflanzen die Stunden dahinziehen zu sehen, immun gegen jegliche Hoffnung. Nie hätte er zulassen dürfen, diese Sicherheit aufzugeben, um so mehr, als ihm eben für sein Schweigen gedankt worden war.

Er warf die Zigarette in den Rinnstein, kehrte in seine Baumschule zurück und dachte daran, die Stelle bei Doghram aufzugeben. Aber ein paar Straßen weiter ging Rosie die Promenade entlang, überquerte die Straße hinter dem Hafen, betrachtete auf dem Nachhauseweg den Fluß und dachte, daß der Tag nur für sie leuchtete. Sie sah seine Hände auf dem Buch vor sich, den kleinen ockerfarbenen Fleck auf dem linken Revers, seine hellen, behutsamen Augen, und sie hütete die gemeinsam am Tisch verbrachten Minuten mit seligem Geiz, lief keine Gefahr, Sarah zu verletzen, war sicher vor der Hölle, solange sie ihr Geheimnis unter der Last der Bücher wahrte, die sie in den Armen trug. Dafür hatte sie ihm gerade mit einer Kühnheit gedankt, die sie noch immer erstaunte, und alles war so neu und aufregend, daß sie sich beglückt fühlte, unbeschwert von Manons Lügen, von Bela Gerons Ängsten oder Annas Nöten wegen Graf Wronskis Werben.«

»Halt, wovon sprechen Sie?«

»Von Romanen, mit denen Rosie sich die Welt erschloß, die Welt jenseits des Huts der Urgroßmutter, die die Tür in eben dem Moment geöffnet hatte, in dem die Glühbirne durchgebrannt war ... ein Hut mit schwarzen Seidenbändern, den sie sich viele grausame Male vorgestellt hatte, bis er auf dem Kopf der alten Frau in sich zusammenfiel, als Sarah durchsetzte, daß sie Romane aus der Bibliothek ausleihen durfte, nur Romane. Da begann sie Bücher zu lesen, alte und neue, manche langweilig, manche wundervoll, die sie mit der Gier verschlang, die Namen der Dinge zu erfahren und was jenseits der Hecke geschah, vor allem, was die Menschen miteinander taten. Es war ihre einzige Chance. Oft zwang sie sich, zurückzublättern, die Wörter in ein Notizbuch zu schreiben und sie in ihrem kleinen Wörterbuch nachzuschlagen. Bald schon konnte sie ein Barrique- von einem Fuderfaß unterscheiden, eine Kalesche von einem Fuhrwerk und sah sogar die Autos vor sich, die im New York von 1940 fuhren. Jeder Roman war eine Botschaft aus der unbekannten Weite, und wenn sie auch wußte, daß sie Erfundenes las, waren Mister Hydes Straßen, das Paris Hemingways und Huckleberrys Floß Teil einer verwirrend bunten Welt, die unverhoffte Erfahrungen für sie bereithielt und in der nichts willkürlich war, in der das Glück in den Untergang führte und ein Unglück ins Abenteuer. Alles erschien ihr so lebendig, oft auch unverständlich, und die Geschichten prägten sich ihr wegen des Leids ein, das die Figuren erlebten. Mit Holden Caulfield hatte sie begonnen, an Thomas' banalen Anekdoten zu zweifeln, durch die Bekanntschaft mit Madame Bovary wurde sie verständnisvoller gegenüber Brenda, und Lord Jim tröstete sie über ihre Fehler hinweg, Raskolnikow oder Linacero dagegen verstand sie nicht, und sie haßte Kapitän Ahab. Zu Rosies Freunden und Feinden gesellten sich immer neue Namen aus den unterschiedlichsten Ländern und Epochen, und nur mit Mühe erkannte sie Städte wieder, die sie in anderen Büchern besucht hatte. Doch entdeckte sie durch ihre Reisen, daß das Böse schön sein kann und das Gute fade, daß das Leid die Liebenden erhöht und die Leute sich aus unrühmlichen, manchmal metaphysischen Gründen umbringen. Sie hatte das Gefühl, als hörte sie einen endlosen Wasserfall von Stimmen und befände sich innerhalb eines Rings, der sie abschirmte und schützte, und so war für sie auch Jahre später noch der Besuch in der Bibliothek Jacinto Laguna, als träte sie in einen Zauberkreis.

Rosie vermied es, an den Tagen das Haus zu verlassen, an denen Arturo im Garten arbeitete, begann aber, ihn vom Fenster ihres Zimmers aus zu beobachten, nutzte die Lükken im Laubwerk der Platanen, die bereits ihre Blätter verloren. Ihr war, als sammelte er die Vögel ihr zuliebe ein, und am Ende des Tages suchte sie den Friedhof nach einem Zeichen oder einer Botschaft ab. Doch fand sie nichts und ließ es bleiben, nachdem Sarah sie eines Abends dabei überrascht hatte, wie sie die Erdklumpen untersuchte. Sie blickte auf und entdeckte sie hinter den tiefhängenden Lindenzweigen, wo sie seitlich zu ihr den linken Arm auf Affenart baumeln ließ, mit einem unheimlichen Blick, der das Dunkel durchdrang. Sie war wohl allzu hastig aufgefahren, denn in zwei Sekunden hatte Sarah den Zaun überwunden, sie zur Seite gestoßen und wühlte in der Erde, während Rosie an ihren Kleidern zog und versuchte, sie wegzuzerren. Sie schrien sich an und rangen neben dem Kreuz miteinander, doch es kamen nichts als Federn zutage, und schließlich lief Thomas auf das Geschrei hin herbei und trennte sie. Aber eine Erklärung gab ihm keine von beiden. Rosie ging wütend fort und sperrte sich in ihr Zimmer ein, Sarah rannte mit den Doggen durch den Garten.

Mehrere Nächte lang träumte Rosie, Sarah würde ihr die Bibliothek verbieten. Sie war sich nie im klaren darüber, was ihre Schwester durchschaute und welche Abkürzung sie zu Rosies Gefühlen nahm, sogar zu solchen, die sich ihr selbst erst erschlossen, wenn Sarah sich ihr zärtlich oder aggressiv näherte. Alles schien sie mit diesem reglosen, unter dem Lid gefangenen Auge zu erraten, das sie zu ignorieren und zu fürchten gelernt hatte. Sie konnte sie nicht täuschen, aber sie konnte ihr verheimlichen, daß sie Arturo sah, und in diesem Monat teilte sie sich sorgfältig die Lektüre ein, um ihn auch sicher anzutreffen, wenn sie die Bücher umtauschte.

Virginia bemerkte, wie vertrauensvoll Rosie die Tür öffnete, sah ihr rasches Blinzeln und ließ den Pinsel auf ihrem längsten Fingernagel innehalten. Sie wischte ihn mit einem Papier ab, warf es in den Papierkorb, schraubte das Nagellackfläschchen zu und hätte sie beinahe beim Arm genommen, als sie sich ihr gegenübersetzte und die Bücher ablegte. Sie begrüßten sich mit einer Lebhaftigkeit, die es zwischen ihnen bisher nicht gegeben hatte, klagten über die Morgenkälte, freuten sich über das Licht, das durch die Fenster fiel, und blieben in einem verlegenen Schweigen stecken. Rosie trug am Finger einen Ring aus Jonquillen, den sie hinter Sarahs Rücken geflochten und in den sie auf dem Weg in den Ort ein kleines Stiefmütterchen eingefädelt hatte. Virginia bewunderte ihn, wollte hastig das Gespräch wieder in Gang bringen, und als Rosie den Ring abzog und ihn ihr schenkte, stand sie, ermutigt von der Geste, auf und bat sie, kurz zu warten. Augenblicke später war sie mit einer Tasse Tee in jeder Hand zurück, aber Rosie war mit ihren Büchern verschwunden.

Ein paar Tage später, als Arturo neben der Schubkarre die Schaufel in der Erde versenkte, entdeckte er am Fuß des Kreuzes ein zusammengefaltetes Papier. Er steckte es unters

Hemd, schloß sich im Werkzeugschuppen ein und las es, verstört von dem runden, feinen, leicht nach links geneigten Schriftzug, aus dem er den Klang ihrer Stimme und einen unbekannten Ton heraushörte.

Geschätzter Arturo,
Sie waren nicht in der Bibliothek, und das ist unverzeihlich, nicht nur, weil Sie die schönen Minuten verdorben haben, sondern auch, weil Sie nicht an mein Vertrauen glauben wollten. Sollten Sie noch einmal ausbleiben, sehe ich mich gezwungen, Ihnen den Zutritt zum Friedhof zu verbieten, und dann werden Sie die Vögel dort verbrennen, wo nichts derlei verdient hat,
Rosie

Arturo las den Brief unzählige Male. Er ging erst sehr spät und kehrte nachts wieder zurück, um den Weg oben um den Hügel zu nehmen und besser darüber nachdenken zu können, warum er sie nur so mißverstanden hatte. Er konnte sich mit der Erinnerung an Tina abfinden, unsichtbar und versiegelt, und mit der Furcht, die ihn in der Bibliothek gelähmt hatte, aber so viele Überlegungen stürzten nun auf der Landstraße über ihn herein, daß seine achtzig Kilo nur der Ballast bizarrer Mutmaßungen zu sein schienen, die nicht vertrauenswürdiger waren als die Gewißheiten in einem Traum. Mehr war vielleicht keiner auf Erden. Nicht einmal Doghram. Erst recht nicht er selbst, und doch war es immer noch ein und derselbe Körper, der nur müder war und erneut vor der Verwirrung des Glücks, der Hoffnung stand, die er bereits verloren geglaubt hatte, und nun spürte er – waren die Jahre schuld oder etwas anderes? –, wie Rosie sein ganzes Leben, alles, was er war und einmal gewesen war, mit diesem unwiderstehlichen Bedürfnis durchdrang, sie wiederzusehen.

Als er den Heckenwall erreichte, sah er einen Schatten im oberen Fenster des Hauses. Er ging so nah heran, wie der Liguster es zuließ, aber die Gestalt verschwand, bevor er noch die Hunde heranhetzen hörte. Eines Tages würde er die Doggen umbringen. Jetzt war ihm ihr Gebell einerlei, denn er besaß einen Brief von Rosie, ihre Handschrift, ihr Verlangen nach einem Treffen, das ihn zum erstenmal ohne Vorbehalte suchte. Jenseits dieses Gefühlsrauschs schien sein Leben nichts zu bedeuten. Zwei Attacken und dazwischen tote Zeit. Die Spanne, die er gebraucht hatte, den Zauber von Rosies Stimme zu entdecken, ihr offenes Gefängnis in den Seiten der Bücher und diesen Appell, den zu überhören ihm das unerträgliche Gefühl gegeben hätte, zu ersticken.

Auf dem Rückweg entschloß er sich im eisigen Wind, der die Weiden peitschte, nach Valizas zu fahren und danach Doghram die Stirn zu bieten.«

»Wie ungeschickt. Das Problem war doch nicht Doghram . . .!«

»Aber das wußte er nicht. Sarahs kaputter kleiner Kopf, der sich gegen alles wehrte, was ihm gegen den Strich ging, und sogar zur Selbstzerstörung griff, um es zu verhindern, er konnte alles erschaffen und zunichte machen, ohne daß Arturo sich je hätte vorstellen können, in welchem Maß die Schwestern voneinander abhingen.

Bevor er sich auf die Fahrt machte, kritzelte Arturo mehrere Antworten aufs Papier, die er am Ende wegwarf. Er fand nicht die Worte, die Rosies Zeilen hätten beantworten können. Schließlich begnügte er sich damit, zu schreiben ›Ich werde da sein‹, steckte den Zettel in einen Umschlag und ging mit der Absicht zur Arbeit, ihn neben dem Kreuz zu hinterlegen. Aber Doghram war an dem Nachmittag besonders betriebsam. Er pflanzte eine Araukarie unweit der Linde und hielt sich dort die ganze Zeit über auf, die Arturo die

Vögel begrub. Für ihn lag zweifellos Absicht dahinter, und am liebsten hätte er ihm gesagt, daß er rettungslos verrückt sei und er ihn anzeigen werde. Einen Augenblick schauten sie sich feindselig und mißtrauisch an, dann schlug Arturo die Augen nieder, warf die Schaufel in die Karre und räumte das Handwerkszeug weg. Es war nicht der Moment, ihn zur Rede zu stellen, er brauchte ein paar Worte von Rosie. Bevor er ging, kehrte er noch einmal zum Friedhof zurück, vergewisserte sich, daß niemand ihn sah, und hinterließ den Umschlag halb vergraben neben dem Holzkreuz.

Wie andere Male auch begleitete Sarah ihn zum Tor, und als er gerade hinausgehen wollte, fragte sie ihn, ob er gern Verstecken spiele, aber diesmal auf eine so provozierende Art, daß er, die Hand schon auf dem Riegel, aufblicken mußte, um herauszufinden, ob sie ihm etwas sagen wollte oder die Episode im Schuppen wiederholen würde. Er hatte nicht den Eindruck, es mußte etwas anderes sein, denn sie griff sich an die Bluse und schloß einen Knopf. Dann lief sie fort. Hätte er sich den Blick auf ihren Ausschnitt nicht verboten, er hätte einen Zipfel des Briefumschlags dort gesehen.«

»Sie hatte ihn ...«

»Er steckte zwischen ihren Brüsten, zusammen mit Laub, mit Brendas Zigarettenstummeln und kleinen Käfern, die sie im Garten aufgesammelt hatte. Ich weiß nicht, ob ihr schon damals klar war, was sie damit tun würde, weiß nicht, was Arturo, wenn es ihm aufgefallen wäre, hätte unternehmen können. Er packte an dem Abend seine Tasche, holte sich am nächsten Morgen die Schlüssel für die Hütte, die ihm ein Freund zur Verfügung stellte, und fuhr im Chevrolet zum Strand, mitsamt der Schmuckschatulle, die er im Regen mitgeschleppt und bis zum Überdruß in Händen gedreht hatte, und der Gewißheit, daß etwas sein Ende finden mußte. Mit dem Willen, meine ich, sie an einem einsamen, neutralen Ort ohne Bedeutung zurückzulassen, sich wenn nötig selbst zu täuschen, bis er den Gedanken verbannt hätte, daß Tina sich an ihn erinnerte, nachdem sie ihre Kinder in die Schule gebracht hatte, in der Arbeit oder nachts, wo auch immer sie sein mochte. Er trug sie schon zu viele Jahre mit sich herum.

Am ersten Abend machte er einen Spaziergang und nahm sich vor, sie am nächsten Tag im Sand zu vergraben. Und am nächsten Tag kam Camboya. Entschlossen, wütend auf den Vater, auf die Mutter, den Freund, der sie geschwängert hatte, auf ihr erstes Stolpern über etwas, worüber sie vielleicht noch bis ans Ende ihrer Tage stolpern würde. Er konnte sich damit abfinden, daß sie in der Hütte Schutz vor dem Regen gesucht hatte, daß sie in seinen Sachen schnüffelte, ja sogar, daß sie ihn wieder fragte, was er in Las Malvinas mache. Aber diese einfache Frage konnte er nicht beantworten.

Camboya hörte, wie er sich in Erklärungen über eine Baumschule verwickelte, über einen Freund in Palmira, ein paar Urlaubstage. Einen Augenblick lang dachte sie, er würde ihr gleich die Fotos seiner Kinder zeigen und ihr dann sagen, sie müsse sich ihren Problemen stellen und nach Hause zurückkehren. Aber der Mann war mehr als fünfhundert Kilometer gefahren, um sich hier einzuschließen und einem Sturm zuzuschauen, und wenn das nicht merkwürdig war, war es enttäuschend. Nichts, was sie hörte, kam ihr aufrichtig vor. Es mochte wahr sein, aber ihr Vater und ihre Mutter sagten auch wahre Dinge, und das machte sie trotzdem nicht aufrichtig. Was stellte die Zeit bloß mit den Leuten an? Sie brachte ihnen bei, sich zu verstecken, wie Julio hinter dem Unfall seines Sohns oder ihr Vater hinter dem Gefängnis. Und? Sagten sie etwa nicht die Wahrheit? Ja, aber aufrichtig waren sie nicht. Um aufrichtig zu sein, hätten sie von etwas sprechen müssen, was sie allem zum Trotz taten, mit einem letzten Rest von Überzeugung und Verblüffung, doch sie zogen die einfachen Wahrheiten vor. Allerdings war er ihr etwas schuldig, er hatte von ihr verlangt, nicht zu lügen, und im Gegenzug bot er ihr eine dumme Wahrheit an. Sie ließ ihn weiterreden, bereute es, konnte sich nicht beherrschen und sagte:

›Sie lügen.‹

Arturo warf ihr einen Seitenblick zu und verstummte. Er rührte mit einem Stecken im Feuer, nickte ein paarmal und sah wieder feindselig zu ihr hinüber. Sie beschuldigte ihn der Lüge, wo sie ihm nicht einmal ihren Namen hatte nennen können? Er senkte den Blick, holte den Tabak hervor und drehte sich eine Zigarette. Der Schein der Flammen beleuchtete sein Gesicht und die Finger, die das Papier auf den Knien bearbeiteten. Es war kalt, der Regen schlug hart und beharrlich an die Fenster und auf das Strohdach. Arturo zündete sich die Zigarette an und sagte, die Argentinier kämen in Segel- und Motorbooten aus dem Tigre-Delta oder über die Brücke in Fray Bentos nach Palmira und kauften die Küste auf. Aber das sei nichts Neues, er kenne eine englische Familie, die seit zwanzig Jahren hinter einer dichten Hecke lebe. Zweimal die Woche arbeite er dort, der Mann habe eine Frau und zwei Töchter, eine von ihnen geistig zurückgeblieben. Die andere, die, um die es gehe, lese Romane.

Camboya nahm die Stiefel von den Ziegelsteinen des Herds und hörte ihm mit wachsendem Interesse zu. Je weiter er in seiner Erzählung fortschritt, desto deutlicher bemerkte sie, wie sehr er mit den Worten kämpfte, wie lange er beim Haus und seinen Bewohnern verweilte, und ihr schien, daß sich inmitten seiner Pausen und Wiederholungen etwas Unbestimmtes einen Weg bahnte, das sie gesucht hatte. Jeden Moment mußte es zum Vorschein kommen, und plötzlich klang ihr etwas in den Ohren. Gespannt wartete sie darauf, daß es wiederkam, und da es immer eintrat, wenn Arturo Doghram erwähnte, lehnte sie sich im Sessel zurück, gebannt von der Erinnerung an das Licht in der Küche zu Hause, an den Schatten des Lampenschirms an der Wand und an den großen, massigen Kerl, den ihr Vater den Schweden nannte und der gemeinsam mit Pola in einer Sommernacht zum Abendessen eingeladen worden war.

Sie erinnerte sich an das aufgedunsene Gesicht und die wulstigen Augenringe, an den seltsamen Akzent, mit dem er von Uruguay und Stockholm sprach. Nach dem Dessert hatte er sich eine Zigarette angezündet, die Augen niedergeschlagen, und ihre Mutter hatte sie ins Bett geschickt. Ein Freund hatte im Internet gelesen, daß die Sinneswahrnehmungen weniger als zehn Prozent der Gehirntätigkeit in Anspruch nehmen, und ihr war, als könnte sie das bestätigen, denn während sie Arturos zögerliche Stimme hörte, sah sie sich selbst im gelben Poloshirt und mit Haarband aus dieser unmöglichen Perspektive, die sie zum Teil der beobachteten Tischrunde machte, wo sie als artige Neunjährige wohl oder übel alle küssen mußte, hinausging und sich auf die Treppe setzte, die zu den Schlafzimmern hinaufführte und von wo aus sie zum erstenmal den Klang dieses Namens hörte, der jetzt mit einer anderen Geschichte zurückkehrte, ganz wie damals. Nur, daß sich die Zeit diesmal simultan in zwei Richtungen bewegte, und je realer sich für sie die Engländer, der fette Mann und Arturos Stimme verbanden, desto größer wurde ihre Furcht vor dem, was sie da begriff.

Sieben

Der Mann aus Stockholm war für Camboya eine samtene, tiefe, ruhige Stimme, die mit einem Schnitt ihre Kindheit beendete. Bei manchen ist es eine böse Erfahrung, eine neue Verantwortung, der Verlust der Eltern. Für Camboya war es die Geschichte ihrer Tante in Buenos Aires. Pola und Ernesto hatten Informationen gesammelt, die mal übereinstimmten, mal voneinander abwichen, aber als Cecilia in dem Bericht des Schweden Gestalt annahm, überfiel die bislang verborgene Wahrheit nicht nur ihre Familie, sondern auch sie.

In der Wohngemeinschaft, sagte er, hatte er sich mit Tina, wie sie dort hieß, am besten verstanden, und wenn sie sich auch nur ein paar Stunden am Abend sahen, wußte er, daß es ihr nicht gutging. ›Tina‹, hatte Pola fast wie ein Gebet wiederholt. Sie schlief bei Alma und dem Dürren im Bett, fuhr der Schwede fort, quer zu ihren Füßen, denn es war eng dort, aber sicher. Keiner ihrer Kontaktleute kannte Dipi, den argentinischen Freund des Dürren, und Dipi hatte von seiner Mutter die Wohnung in der Arenales, Ecke Libertad geerbt. Eine alte Wohnung in einem unbescholtenen Viertel, im dritten Stock eines Hauses, das man durch eine schwere Tür aus Eisen und Glas betrat. Sie lebten in zwei Zimmern, die nach innen lagen und die ein Gang mit Mosaikfenstern verband, samt Kammer für Hausangestellte, wo sich damals sein Bett und ein Matrizendrucker befanden.

Der Dürre und Alma gehörten der Partei für den Sieg des Volkes an, Tina und er vertraten die Gruppen der Vereinigungsfront, Dipi schwankte zwischen dem Zen und der kommunistischen Partei, und wenn sie auch oft darüber diskutierten, was geschehen würde, vermieden sie es, über das zu reden, was sie taten. Immer mehr wurden verhaftet, sagte er, und keiner wußte, wohin.

Tina ging damit auf ganz eigene Art um. Sie erzählte vorzügliche Witze, brachte Leben ins Haus und bestand auf Gewohnheiten, die die anderen für bürgerlich hielten, denn so übertrieben es auch klingen mochte, sagte er, selbst die Etikette wurde beargwöhnt. Tina verzierte etwa einfallsreich die Reisschüssel oder belehrte einen, wie man das Besteck zu benutzen hatte. Nicht daran zu denken, den Teller zu drehen, streng verboten, bei allem zum Messer zu greifen und etwa den Seehecht mit etwas anderem zu zerteilen als mit der Gabel. Das predigte sie Tag für Tag, und fast nie hörte jemand auf sie, aber es machte ihr Spaß, Anweisungen zu geben, es war Teil eines etwas kindischen Spiels, an dem sich alle manchmal mit spontanem Ernst beteiligten.

Sie half Dipi bei der Lieferung von Elektrozubehör, das sie in einer alten Ente ausfuhren, und da Dipi Tina vollkommen verfallen war, kam sie in den Genuß des Vorrechts, ihm ganze Zigarettenschachteln wegrauchen zu dürfen und von Delfter Porzellantellern zu essen, die an der Wand gehangen hatten, bevor sie in ihre Hände geraten waren. Ihre Eigenheiten ärgerten Alma, die ihre Kleine in Montevideo hatte zurücklassen müssen, der Vater weigerte sich, sie ihr zu bringen, und auch mit dem Dürren lief es schlecht. Einmal spielte sie Disziplinarrichterin vor Tina, weil die immer ihre Kleidung benutzte und ungewaschen zurückgab. Na, dein Sozialismus hat wohl in einer Seife Platz!, hatte Tina halb im Spaß, halb im Ernst erwidert und ihr ein paar Tage später eine Bluse mit einem Kärtchen geschenkt, auf dem stand: ›Eine saubere Revolution braucht Alma.‹

In Wirklichkeit hatte nichts seine Ordnung in dieser Wohnung, sagte er, wo sie dank dem wirren Freigeist Dipi lebten, eine arglose Seele, aber weniger naiv, als es den Anschein hatte, wenn er auch die Parteidoktrin nicht mit seinen Joints vereinbaren konnte. Im Grunde sahen sie sich nur abends. Erst nach der Brotarbeit – Alma war in einem Grillrestaurant beschäftigt, der Dürre in einem Laborbüro, er selbst in einem Plattengeschäft – kam für sie die politische, und die Stunden, die sie dem Schlaf raubten, gingen unter in einem Wirrwarr von Socken, Zahnbürsten, Gelächter und dem Scht! derer, die zu schlafen versuchten. Tina war fröhlich, betonte der Schwede, aber keine Optimistin. Sie rechnete mit dem Scheitern und damit, daß die Lage nicht zu ändern war, und dennoch gab sie Flugblätter weiter, Nachrichten, Geld, wollte beharrlich retten, was nur ging. Darüber war es zweimal zum Streit zwischen ihnen gekommen, doch es war ihm nicht gelungen, ihren Pessimismus zu widerlegen, der ihm im Fall einer Verhaftung gefährlich zu sein schien. Verstehen Sie mich bitte, sagte er, ich glaubte, daß Standhaftigkeit mit Prinzipientreue zu tun hat.

Es war Juli, wissen Sie. Erst einen guten Monat zuvor waren Michelini und Gutiérrez Ruiz im Exil in Buenos Aires ermordet worden, die Guerrilla der Montoneros hatte eine Bombe in der Kantine der Bundespolizei hochgehen lassen und zwanzig Mann getötet, und drei Tage später liquidierten die Milizen die pallottinischen Pfarrer der Belgrano-Gemeinde. Tag für Tag verschwanden Menschen, noch schlug die Guerrilla wirkungsvoll zu, und allgemeine Panik herrschte. Wir wollten ausharren, aber Argentinien hatte sich in eine Hölle verwandelt, manche Genossen fielen um, manche wählten ein anderes Exil. Jeder neue Guerrillaanschlag machte unsere Sicherheit prekärer und die Arbeit schwieriger. Ein Albtraum, und dennoch machten wir weiter, weil wir hartnäckig waren, die Augen vor der Wirklichkeit verschlossen oder eine bestimmte Vorstellung vom Guten hatten, sei sie christlich, historisch oder wissenschaftlich.

Tina wollte das Land nicht verlassen, obwohl man ihr die Gelegenheit bot. Es empfiehlt sich dem Verlierer nicht, sich zu empfehlen, sagte sie immer wieder mit einem Trotz, der ihr Gesicht hart werden ließ und wie Stolz oder Angeberei aussah. Eines Nachts jedoch hatte Tina ihm in einer Bar gesagt, Dipi sei zwar liebenswert, aber in ihr sei alles tot. Sie gebrauchte dieses Wort. ›Was du hier vor dir siehst . . .‹, sie schlug die Augen nieder und fügte hinzu, sie habe das Beste in ihrem Leben zerstört.

Zwei Monate lang – ungefähr seitdem sie in der Wohnung lebte – war sie immer wieder zu einer Konditorei gegangen, in der Hoffnung, ihn wiederzufinden. Aber er war nie gekommen. Sie hatten den Kontakt verloren. In nichts war er verwickelt gewesen, aber sie verdankte ihm alles und hatte ihn trotzdem verlassen. ›Bist du nie einer falschen Überzeugung gefolgt‹, fragte sie. Eine Träne rann ihr hinunter, sie wischte sie weg und sagte: ›Was meinst du? In einer so großen Stadt . . . Unter so vielen Leuten . . .‹

Camboya war auf Strümpfen eine Stufe nach unten gegangen, um besser lauschen zu können. Die Stimme des Stockholmers erreichte sie zwar, erstarb jedoch manchmal, zumindest für sie, und da ihm die anderen schweigend zuhörten, mußten sich die Worte über das Geräusch der Tassen und Kaffeelöffel erheben. Sie ging näher heran, weil sie Gewißheit wollte, erstaunt, daß ihre Tante unter einem anderen Namen und unter Banditen gelebt hatte. Pola hatte immer gesagt, aus ihren Kindern seien Banditen geworden, aber bis jetzt war Cecilia bloß ein Bild gewesen, das im Haus umherspukte, jemand, der entweder exkommuniziert oder zur Heldin erhoben wurde, je nachdem, ob es nach Pola oder ihrem Vater ging, aber noch nie hatte sie sie lachen oder weinen hören. Und das war eben geschehen, während sie auf das Lichtrechteck schaute, das sich am Fuß der Treppe ausbreitete, und ihr schien, als sähe sie Cecilia zum erstenmal.

Als er am folgenden Samstag, erzählte der Schwede weiter, mittags von der Arbeit nach Hause kam, saßen alle am Tisch. Außer Alma, die verabredet war. Dipi hatte von einem Kunden zwei Flaschen Wein aus Mendoza geschenkt bekommen, und sie leerten sie unter Gelächter, denn der Alkohol machte Tina besonders witzig. Der Dürre hatte sich gerade einen Radiorecorder gekauft, Tina klebte ein paar gerissene Kassettenbänder mit Karnevalsliedern, die entsetzlich rauschten, und Dipi kam aus dem Staunen nicht heraus, als er sah, wie alle in einmütiger Entfesselung auf die Möbel trommelten.

Als die anderen um vier Uhr nachmittags das Geschirr spülten, sagte der Schwede, bat Tina ihn, eine Runde mit ihr zu drehen. Er vermutete, daß sie etwas mit ihm besprechen wollte, hatte aber nicht gedacht, daß es in der Ente sein würde. Sie fuhren hinunter bis nach Retiro und nahmen dann die Avenida Libertador in Richtung des Palermo-Parks. Es war ein strahlender, kalter Nachmittag, wolkenlos. Der Schwede erinnerte sich, daß Tina ihm ein paar Straßen weiter von einem Bericht erzählte, den sie eingereicht habe, aber so sehr sie auch nachhake, sie bekomme keine Antwort. Sie ärgerte sich über die Genossen, wollte, daß er in der Sache etwas unternehme, und bat ihn darum, während sie sich eine Zigarette ansteckte und auf das Lenkrad trommelte. Auf der Plaza Francia sahen sie Hunderte von Kindern mit Luftballons, die die Avenida in Richtung Jahrmarkt überquerten.

Sie fuhren an der Rückseite des Kunstmuseums vorbei und bogen in die Figueroa Alcorta ein, wo sie zügig vorankamen. Zwei Minuten später war er im Bild und hatte versprochen, sich der Angelegenheit anzunehmen. Da zerwühlte ihm Tina das Haar, er schob sie weg, ihr fiel die Zigarettenasche auf die Jeans, sie sagte, wenn er nicht so ein Macho wäre, würde sie ihn mit Küssen überhäufen, und sie prallten auf ein Auto, das an der Ampel stand. Sie waren nicht schnell gefahren, aber die Kühlerhaube der Ente rammte sich in den Kofferraum des Falcons, der Motor rauchte und durch die gesprungene Windschutzscheibe konnte der Schwede das Armeeabzeichen an der Heckscheibe sehen. Zwei Männer mit dunklen Brillen stiegen aus und halfen ihnen aus dem Wagen, denn sie waren mit dem Kopf gegen die Scheibe geprallt, und während der Schwede sich fortführen ließ, das heißt auf die Bordsteinkante gesetzt wurde und aufblickte, sah er in Zeitlupe aus einem Etui unter den Sitzbezügen der Ente erbarmungslos einige Propagandaflugblätter gegen den Militärputsch auf die Straße fallen.

Dann, sagte er, schloß er die Augen, fluchte auf Dipi und schmeckte Blut im Mund, und als er die Augen wieder aufschlug, war Tina neben ihm. Einer der Männer tastete sie beide ab, der andere durchsuchte die Ente, eine Waffe in der Hand. Zweimal fragte er sie, wie es ihr gehe, aber sie antwortete nicht. Ihr Gesicht blutete, und ihr Blick war hart, als sie sich mit gespreizten Beinen absuchen ließ.

Ein paar Leute liefen zusammen, zwei Streifenbeamte trafen ein, und er konnte nicht sagen, ob es schon zu lange her war oder sich zu viele Erlebnisse dazwischengeschoben hatten, jedenfalls erinnerte er sich weder an Klänge noch an Worte. Vielleicht war er zu benommen gewesen. Er wußte noch, daß man sie in einen Privatwagen setzte, ebenfalls ein Ford Falcon oder derselbe, daß Tina unter dem Tuch, das die Blutung stillen sollte, auf die Straße starrte, jedoch gleichmäßig atmete und daß alles schweigend vor sich ging, so einfach wie ein Behördengang, bei dem man nichts erklären muß. Ihn setzten sie im Militärkrankenhaus ab und fuhren mit ihr weiter.

Jahrelang hörte Camboya mit an, wie sich die Geschichte, die der Schwede in jener Nacht erzählt hatte, veränderte. Sie hörte, wie sie mit Pausen beladen wurde, mit Schlußfolgerungen, die ihr Vater hinzufügte, allein oder vor Freunden, denn keiner der Überlebenden hatte jemals wieder Nachricht von Cecilia erhalten, und allzu viele Stimmen, Schreie und Körper konnten die ihren sein. Doch immer wieder tauchte jemand auf, der sie womöglich gesehen hatte und eine neue Hoffnung ins Rollen brachte.

Wäre Camboya damals direkt ins Bett gegangen, hätte ihre Kindheit nicht nur länger gedauert, sie hätte auch nicht beim Namen Doghram aufgehorcht, denn ihr Vater wiederholte ihn in ihrer Gegenwart nie mehr. Doch sie hatte noch das Ticktack der Küchenuhr während des Schweigens im Ohr, das über das Treppenende flutete und den Uhrzeigern das Feld überließ, bevor Pola und Ernesto mit ihren Fragen begannen, nach den Kleidern, die sie getragen hatte, dem Baujahr der Ente, den Gesichtern der Männer, dem Inhalt der Flugblätter, nach der Uhrzeit, der Kreuzung, ihrem Mittagessen, den Gefängnissen, in denen der Schwede gesessen hatte, und wie er herausgekommen war, all die vielen Dinge, die niemals das einzige würden erklären können, was von Bedeutung war. Pola fragte auch nach dem Bericht, den Cecilia erwähnt hatte, und der Schwede sagte, sie habe erfahren, daß Fabiana und Circe sich in Gewalt eines Kommissars mit Namen Gabina befanden. Ihre Eltern waren besonders nette Genossen aus Melo, die in einem Hotel in der Calle Riobamba entführt worden waren, gemeinsam mit ihren Töchtern, damals zwei Jahre und zehn Monate alt. Tina wollte ihre Spur verfolgen und verlangte Unterstützung, damit man den Kommissar beschatten und etwas über das Schicksal der Mädchen erfahren konnte. Viele Jahre später erzählte ein Genosse in Madrid dem Schweden, Gabina sei in den Handel mit Babys verwickelt gewesen und soviel man wisse, habe er sie vermutlich an einen Dogran oder Togram verkauft, aber ausfindig habe man sie nicht machen können.

Camboya wollte nicht glauben, daß die vor zehn Jahren unterbrochene Geschichte nun in den Worten des Mannes fortgesetzt wurde, der sich über das Feuer beugte, Zigarettenrauch ausstieß und sich unbehaglich am Kopf kratzte. Vielleicht hatte der Schwede nicht richtig gehört, oder ihre Mutter hatte recht, wenn sie ihr vorwarf, mit welch unglaublicher Leichtfertigkeit sie die Dinge immer verzerrte. Je mehr Einzelheiten sie über die zurückgezogenen Engländer erfuhr, über die Hunde, die Hecke, um so mehr überzeugten sie Arturos Worte von etwas, was er nicht ahnen konnte. Zugleich hatte sie den Eindruck, er wolle ihr etwas sagen, was mit dem Mädchen, das Romane las, zu tun hatte, er wirkte weniger abweisend, weniger alt, und sie hörte weiter zu, wie er nach Worten rang, ohne zu wissen, was für eine Wirkung sie auf sie hatten. Jetzt wäre es ihr lieber gewesen, sie hätte die Distanz gewahrt und ihn als einen berechenbaren Mann genommen, denn aus dem, was er da voll Aufrichtigkeit und Unruhe erzählte, schälte sich heraus, wie wichtig ihm Rosie war, und während sie sich das Leben des Mädchens vorstellte, die Geistesschwäche der Schwester, die Antriebslosigkeit der Ehefrau, begriff sie, daß etwas Ungeheuerliches sie von dem dummen Trotz abbrachte, mit dem sie von ihm verlangt hatte, nicht zu lügen.«

»Und? War es die Wahrheit?« fragte Ema.

»Im August 76 händigte Thomas Doghram dem Sicherheitschef des Automobilwerks, in dem er arbeitete, zehntausend Dollar aus und empfing eine Woche später in seinem Haus in La Lucila zwei Mädchen mit gefälschten Papieren, umgeschrieben auf die Namen Rosie und Sarah Doghram. Er wußte nicht, woher sie kamen, und wollte es nicht wissen. Sie hatten ein Mädchen gesucht, weiß und jünger als ein Jahr, und hatten zwei bekommen. Beide oder keines, sagte ihm der Sicherheitschef. Sie standen auf dem Werksparkplatz, und Thomas zögerte, nicht wegen der Summe, die sich verdoppelte, sondern wegen der Älteren und dem, was ihre Fähigkeit zu sprechen mit sich bringen konnte. Aber das Baby war ihm wichtig, und so vertraute er darauf, daß – erst durch retroaktive, dann durch proaktive Interferenz – ein Gedächtnis das andere auslöschen und das Vergessen von Dauer sein würde. Das wußte er, weil er sich kundig gemacht hatte, und kundig hatte er sich gemacht, um Sarah zu empfangen. Am Anfang war nicht der Mensch, sondern der Name gewesen, wie zu Anbeginn der Zeiten. Der Name als Begehren im Reinzustand. Thomas hatte sich Sarah erwählt, und die andere, sagte er, sollten sie Julie nennen oder Rosie, wie sie wollten.

Stolz zogen sie die beiden auf, fieberhaft bemüht, die Ältere die Worte vergessen zu machen, die sie nicht brauchen würde, ihr Verlangen nach der Mutter, dem Vater, die sie Nati und Lolo nannte. Vor allem die ersten Wochen waren schwer. Rosies Weinen löste bei der anderen Kreischanfälle aus, sie machte ins Bett, hatte Durchfall, ein Zustand der Wut, in dem sie sich seit dem Tag ihrer Ankunft eingerichtet zu haben schien. Nichts, sagte Thomas, kein Wort, keine Reaktion durfte sich an etwas heften, was sie mit sich gebracht hatten. Sie nahmen die schlaflosen Nächte in Kauf, das Geschrei wegen eines verschwundenen Spielzeugs, der Puppe, die nicht mehr da war, der Gesichter, die nicht mehr zurückkehren würden aus diesem unergründlichen Limbus, durch den sie taumelten wie zwei blinde Königinnen. Und allmählich beruhigten sie sich. Sie lernten, selbständig ein Streicheln, ein Wort zu ergattern, was immer sie brauchten.

Gesund, hatte der Mann gesagt. Und Thomas hatte nicht zu reklamieren gewagt, denn die Kontrolluntersuchungen waren gut ausgefallen, und erst fünf Monate später bemerkte der Kinderarzt, daß bei Sarah ein Lid herunterhing, die Motorik zu wünschen übrigließ und sie in einem Arm weniger Kraft besaß. Brenda brachte sie zu den besten Spezialisten. Man machte Untersuchungen, Tomographien, Enzephalogramme, und als ihre Zurückgebliebenheit feststand, setzte man sie nicht länger Spritzen und anderen Quälereien aus. Sie fanden sich damit als Negativposten ab, den sie in Kauf nehmen mußten, um eine Familie zu sein, sich Papa und Mama nennen zu hören, von einem Glück beansprucht zu werden, das sie bisher nicht gekannt hatten. Thomas hatte sich so sehr auf Sarah konzentriert, daß er, nachdem seine Hoffnungen enttäuscht worden waren, Erleichterung empfand, auch Rosie gekauft zu haben, und es fiel ihm nicht schwer, ihr alles zu bieten, was ein intelligentes Mädchen besitzen und erlernen möchte. Er bewunderte ihre Einfälle und war ganz in ihrem Bann.

Damals war Brenda sechsunddreißig und er fünfzig. Sie hatten auf Gibraltar und in São Paulo gelebt und Buenos Aires als Etappe eines Schicksals akzeptiert, das sie von einer Stadt in die nächste trieb wie Vagabunden erster Klasse. Thomas hatte das Interesse an seinem Beruf verloren, mußte sich jedoch weiterhin bemühen, andere davon zu überzeugen, daß er ihr Geld ausgab, um es zu sparen. Er liebte Brenda auf eine väterliche Art, nachdem die Spielarten des Sex, die sie der Kinderlosigkeit entgegengesetzt hatten, erschöpft waren. Aber so alt war er auch nicht und sie nicht so jung. Sie brauchten neue Gründe, um zusammenzubleiben.

Da der Ortswechsel es ihnen unmöglich machte, enge Freundschaften zu pflegen, führte Thomas ein Buch, in das er Kindheitserinnerungen, Gedanken und Währungskurse notierte, die er manchmal aus den Zeitungen ausschnitt und auf die Seiten klebte. Er war der Ansicht, der Sinn seines Lebens verberge oder offenbare sich sowohl in den Zahlen wie in den Erinnerungen, die so bruchstückhaft waren, daß seine Jahre in Leeds und in Genf Fetzen aus den Träumen eines anderen Mannes zu sein schienen.«

»Moment. Und all die Geschichten, die er Rosie erzählt hat?«

»Als die Mädchen eintrafen, gab Thomas das Buch auf und beschloß, sich nicht länger zu bemitleiden. Er hatte endlich ein Geschöpf, das er in einen Menschen verwandeln konnte. Ein Wesen ohne Eigenschaften, sah man von den genetischen seiner Erzeuger ab, das Verbote und Erlaubnisse in sich aufsog, alles, was er ihm für den Rest seines Lebens einprägen wollte.«

»Hören Sie, ich habe Sie gefragt . . .«

»Brenda teilte seinen Enthusiasmus. Sie verbrachte viele Stunden mit den Mädchen und freute sich an beiden, mußte jedoch immer verdrängen, wie sie zu ihr gekommen waren. Sie wünschte sich, sie selbst geboren zu haben, sogar Sarah, wollte selbst verantwortlich für das Übel sein. Als sie ein paar Jahre später begann, Englischunterricht zu geben, waren viele ihrer Zweifel nicht nur nicht verschwunden, sondern hatten sich verstärkt. Sie war fähig, Ungehorsam zu bestrafen und sich mit den Problemen Sarahs, die sich dem Schulalter näherte und eine Sonderschule benötigte, zu identifizieren. Rosie besuchte die erste Klasse einer Privatschule, hatte ein fröhliches Temperament und hing sehr am Vater, schien sie jedoch immer wieder schweigend zu beobachten. Sie hielt vorsichtige Distanz, war manchmal schroff und ausweichend, selbst beim Gutenachtkuß. Brenda befürchtete, etwas falsch gemacht zu haben, was Thomas ihr würde vorwerfen können. Ob durch das Mutterdasein, das veränderte Leben oder Thomas' besessene Fürsorge für Rosie, sie fühlte sich oft wie ein kleines Mädchen, das belohnt werden will, und was das Schlimmste war, sie benahm sich auch so. Sie fing mit dem Unterricht an, um wieder auf den Weg zu gelangen, von dem sie abgekommen war, und sie fand ihn bei den Schülern, die Englischnachhilfe benötigten. Ein Mädchen und zwei Jungen, denen sie zweimal die Woche Einzelstunden in dem kleinen Arbeitszimmer gab, das auf den Garten hinausging.

Sie wissen ja, was mit einem von ihnen geschah.«

»Dem Frettchen?«

»Ein bewundernswerter, schöner Junge, mit dieser schönen Unbeholfenheit, mit der die Jugend ahnen läßt, was sie noch nicht ist und vielleicht nie sein wird, was jedoch in ihrem wäßrigen Mund verborgen liegt, im Glanz der Pupillen, in ihrer Verachtung. Brenda war gebannt von ihm, ganz ohne Vorbedacht und ohne zu wissen, was sie damit anfangen sollte. Es ging an die Grenzen des Erträglichen, und immer wieder sagte sie sich, daß er ihr Sohn sein könnte und sie hoffnungslos verrückt sein mußte, wenn sie bei der geringsten Berührung seiner Hand erbebte.«

»Und der Junge? Was tat er?«

»Nichts. Er merkte kaum, was er da auslöste, zögerte seinen Aufbruch jedoch gern unter einem beliebigen Vorwand hinaus, denn Brenda war nicht nur attraktiv, ihre Augen, ihre Hände, ihr Lächeln hielten das Leuchten der Jugend gefangen, sie bewies mehr Intelligenz als die Mütter seiner Freunde, und vor allem hörte sie ihm mit Interesse zu. Die

Englischstunden schmolzen allmählich zu einer halben Stunde, und die andere halbe beanspruchten das Leben des Jungen, seine Pläne, Musiker zu werden, seine großspurigen Gedanken zu Leben und Tod. Doch eines Nachmittags, als er ihr gerade erzählte, Jimi Hendrix sei ein Gott, der sich aus Protest gegen den Vietnamkrieg geopfert habe, forderte Brenda ihn auf zu gehen. Sie sagte, sie könne ihm keine Nachhilfe mehr geben, begleitete ihn zur Tür und schloß sie hinter ihm.

Zwei Tage später rief sie ihn an, um sich zu entschuldigen. Sie schwieg allzulange am Telefon, und den wirren Sätzen, die sie hervorbrachte, entnahm der Junge stolz und überrascht, daß seine Englischlehrerin entsetzliche Angst verspürte, sich Wort für Wort an Dinge erinnerte, die er einmal gesagt hatte, und sie – das war am unglaublichsten – ernst nahm.«

»Wie alt war sie?«

»Vierzig.«

»Und der Junge an die sechzehn.«

»Siebzehn war er und restlos erstaunt. Aber erschrecken Sie nicht, ich glaube, Ihr Mann fühlt sich nicht wohl.«

Ich hatte gesehen, daß er mit dem Kopf wackelte und sich schwankend mit ganzem Gewicht auf die Theke stützte. Ema sah kurz hinüber und fragte, was los mit ihm sei.

»Ich weiß nicht«, sagte der Mann mit schweißbedecktem Gesicht.

Er griff sich an Kehle und Brust, als suchte er, wo der Schmerz saß.

»Irgendwo drinnen brennt es«, beklagte er sich.

»Es brennt in der linken Niere der Flasche«, sagte sie und wandte sich ab.

»Übergeschnappte Weiber. Beide verrückt«, wiederholte er. »Schmeckt komisch, das Zeug.«

Er verzog die Lippen und trank. Dann holte er tief Luft, griff nach dem Schraubenzieher und wandte sich mit vorsichtiger Hingabe wieder dem Radio zu, als stellten die Röhren und Einzelteile das rettende Ufer dar, das er einfach nicht erreichen konnte, und als bestünde das ganze Spiel darin, die kalte Stahlspitze über Stromkreisen und Polklemmen schweben zu lassen.

»Kann ich etwas tun?« fragte ich Ema.

»Nicht nötig.«

»Wenn Sie ihm vielleicht das Glas wegschieben . . .«

»Lenken Sie nicht ab. Sie müssen zum Ende kommen.«

»Wir sollen weitermachen?«

»Natürlich. Und hören Sie mit der Fragerei auf.«

Acht

»Eine Woche lang rief der Junge bei ihr an, und Brenda rief zurück, perplex angesichts des Verlangens, das sich ihr in den Kopf gesetzt hatte. Oft mußte sie an ihn denken, dann wieder an Thomas, Rosie und Sarah und konnte nicht begreifen, warum sie sich unter all dem, was Aufmerksamkeit von ihr verlangte, ausgerechnet an einen Jungen klammern mußte, der gerade die Welt entdeckte. Er bestand auf einem Treffen in einer Bar und Brenda auf ihrer Weigerung, doch das verstärkte nur beim Jungen das eingebildete Gefühl der Reife und bei ihr die Verwirrung.

Ich weiß nicht, was Sie über das Telefon denken, aber mit ihm wurde das hemmungslose Bekenntnis erfunden. Eines Tages wird man eine Geschichte der Verführung schreiben, und dann werden wir die wundersame Intimität des Apparats begreifen. Ich rede nicht vom Handy, sondern vom alten schwarzen Telefon, dem wahren Balkon des 20. Jahrhunderts. Die ersten Worte, die in diese schlichte Erfindung gesprochen wurden, waren Verse aus *Hamlet,* die Bell auf der Weltausstellung in Philadelphia für Sir William Thomson rezitieren sollte, und die letzten wird ein verliebtes Mädchen zu einem Plutonianer sprechen. Von den Anfängen gibt es noch eine häuslichere Variante, ebenfalls reizvoll, aber damit will ich mich nicht aufhalten, ich wollte nur erklären, warum ihre Stimmen sie schließlich dazu brachten, sich in einem Café zu treffen, und warum sich Brenda zwei Tage später in ein Stundenhotel führen ließ, sich voller Scham entkleidete, unter die Laken schlüpfte und dann sieben Monate lang Thomas, die Hausangestellte und die Mädchen belog, um sich in billigen Zimmern dem Jungen hingeben zu können, verstört von seinem Talent, dem Zauber seines Blicks und der Angst, ihm weh zu tun.

Bis dahin hatte Brenda Thomas nie betrogen. Sie kehrte nach Hause zurück, als träte sie aus einem Tunnel, in dem sie sich auf unnatürliche Weise selbst vergaß. Sie badete die Mädchen, ging einkaufen, machte das Abendessen und rief Thomas, aber es fiel ihr weniger schwer, sich vom Geruch des Geliebten zu befreien, als der Versuchung zu widerstehen, zu den vier fensterlosen Wänden in Rosa zurückzukehren. Sie bat den Jungen, sich nicht zu verlieben, sich vor ihr in acht zu nehmen, sie zu umarmen. Sie konnte nicht mit ihm fort, er sie nicht seinen Eltern vorstellen, sie würden nie gemeinsam zu Abend essen und hatten sich nichts zu versprechen, vereinten aber im Halbdunkel die Lippen, auch wenn sie es nicht begriffen, begegneten einander voll Mitleid und waren tot jenseits der Liebkosungen, die je zärtlicher, desto grausamer waren. Nichts konnte Brenda von der Anbetung eines Motellichts erwarten, doch wenn sie das Bett verließ und sich ankleidete, spürte sie, daß sie zu einem Irrtum zurückkehrte, und später, daß ein Irrtum sie zurücktrieb.

Mit der Zeit lernte sie, selbstverständlich Abschied zu nehmen, zuversichtlich zu sein und die äußere Ordnung zu wahren, die es ihr erlaubte, ihn zu sehen, und doch wirkten die Dinge um sie herum seltsam fern, die kleinste Zurückweisung durch Rosie verstörte sie, der leiseste Vorwurf von Thomas ließ sie in Tränen ausbrechen. Sie aß fast nichts, rauchte zuviel und trank wieder. Sie hatte entsetzliche Angst, entdeckt zu werden, aber auch, daß sie dem Jungen gegenüber nicht gerecht war.«

»Ebensowenig den Mädchen.«

»Neun Monate lebte sie damit, schaffte sich Erleichterung bei einer Freundin, die sie ermutigte, sich selbst zu vergeben, und als der Junge in die Ferien fuhr, häufte sie genügend Gründe an, um Hilfe zu suchen, bis sie es Thomas schließlich an jenem Abend beichtete, an den Rosie sich erinnern sollte, während Arturo die Vögel begrub. Mit einem Schlag, als wäre sie zwischen Schüssel und Salzstreuer entgleist.«

»Und er, was hat er gesagt?«

»Nichts.«

»Das ist nicht wahr . . .«

»Thomas hatte ein paar Tage bevor er erfuhr, was seine Frau für eine Dummheit begangen hatte, Rosie vom Ballettunterricht abgeholt und auf der Straße vor dem Eingang gleichgültig eine ältere Frau beobachtet, die zwei Mädchen einen Apfel schenkte. Sie hatte das Haar zu einem Knoten gebunden, trug ein leichtes Kleid, und etwas sagte ihm, daß sie die Mädchen nicht kannte. Da ihm in dem Augenblick Rosie vor die Füße hüpfte, hob er sie hoch, küßte sie und brachte sie zum Wagen, nicht ohne einen letzten Blick mit der Frau zu wechseln. Sie kam ihm bekannt vor, aber er hätte nicht sagen können, woher, erst kurz darauf fiel es ihm ein, nachdem er sich die Schuhe im Wohnzimmersessel ausgezogen und die Morgenzeitung wieder aufgenommen hatte, denn nach kurzer Lektüre tauchte in seinem Geist die spitze Nase auf, die gräuliche Wölbung der Stirn. Er wühlte in den Seiten und erkannte sie auf einem Foto, riß das Blatt heraus und steckte es in die Schreibtischschublade. Am frühen Morgen stand er auf und sah es sich noch einmal an.

Brenda sagte er nichts davon, hoffte, daß es nicht nötig sein würde. Einfach war es nicht. Je mehr Tage vergingen, desto verwirrter wurde er und konnte keinen klaren Gedanken fassen. Er fand, daß diese Frauen ein Recht darauf hatten, der Spur des eigenen Blutes zu folgen, doch nicht bei Rosie.

Sie waren ihm im letzten Winter aufgefallen, als sie in der Calle Florida Flugblätter verteilt hatten. Sechs oder sieben waren es gewesen, und er war stehengeblieben, verblüfft, wie sie sich da mit nichts weiter als ihren Rufen und weißen Kopftüchern gegen die Regierung auflehnten. Niemand hielt an, auch wenn man ihnen die Streitschriften abnahm, und was sie riefen, paßte so wenig zu diesem hinfälligen Chor, daß er beinahe zu dem Papier gegriffen hätte, das eine ihm entgegenstreckte. Er konnte ihr ausweichen und ging weiter, sah jedoch nach ein paar Schritten einen Polizeiwagen ankommen, die Straßenlaternen gingen an, und die Frauen flüchteten in einen Ladeneingang. Man schlug mit Knüppeln auf sie ein, es wurde geschrien, gerannt, gestoßen. Die Frauen zerrten an den Polizisten, die Polizisten an den Frauen. Durch den engen Korridor, den die Menge für sie öffnete, wurde eine von ihnen an den Haaren zum Streifenwagen an der Ecke geschleift. Noch eine und noch eine zogen an den Blicken der dicht gedrängten, trägen Menge vorbei, die erst weiter konnte, als alle abgeführt worden waren und der Fußgängerstrom sich wieder schloß. Thomas hatte damals angenommen, daß man sie töten würde wie ihre Kinder.

Als Brenda ihn bat, ihr zu vergeben, schwieg er, wollte ihr nicht anvertrauen, daß sie fortziehen mußten. Und doch war es der letzte Anstoß zur Entscheidung. Er legte Geld auf den Tisch, zog in ein Hotel im Zentrum, kam noch einmal, um sich eine Tasche mit Kleidern zu holen, und während er seine Hoffnungen auf ein Leben in Buenos Aires begrub, auf die Zukunft, die er sich für seine Kinder, seine alten

Jahre und vielleicht seine Enkel ausgemalt hatte, reifte die Idee heran, sich eine Zeitlang nach Palmira zurückzuziehen und den eigentlichen Grund hinter dem zu verbergen, was Brenda ihm offenbart hatte. Sie würden kein neues Leben haben, aber eine Familie.

Brenda akzeptierte seine Entscheidung, konnte aber keinem Gedanken mehr trauen, der ihr durch den Kopf ging. Sie hatte gedacht, daß er sie mit gutem Recht verletzen durfte oder auch verlassen. Statt dessen eröffnete er ihr eines Tages, sie würden in eine Gegend am uruguayischen Hochufer ziehen, sie solle ihre Arbeit aufgeben, sie würden ein neues Leben beginnen. In wenigen Monaten hatte er alles geregelt und verlangte nichts weiter von ihr, als ihm zu folgen, die Mädchen überall abzumelden und die Anrufe des Jungen zu ignorieren. Brenda tat beides, ohne Fragen zu stellen, und als Thomas begeistert von der Beschaulichkeit der bewaldeten Anhöhe sprach, vom Flußufer und dem Leben fern der Geschäfte, nährte er in ihr die Hoffnung, einen noch heilen Bereich des Bundes zurückzuerobern, der sie vereint hatte. Nachdem sie sich jahrelang bemüht hatten, mehr Zeit gemeinsam zu verbringen, hatten sie nun Tag und Nacht zur Verfügung, hielten sich jedoch zu verschiedenen Zeiten in den Zimmern auf, und nach einigen Monaten konnte sie nur noch das Gesetz der Trägheit beim Essen und beim Schlafengehen zusammenführen. Brenda alterte angesichts des anklagenden Doghram und seiner Einwilligung, auf die Einkaufsliste Zigaretten und Whisky zu setzen, die sie Tag für Tag begleiteten, während sie sich Sarah und Rosie widmete. Sie brachte ihnen bei, was in ihrem Vermögen lag, errichtete auf dem Küchentisch mit Büchern, Heften, Stiften und Radiergummis eine Bühne, die einem Klassenzimmer so nahe wie möglich kam, nachdem Thomas sich geweigert hatte, sie in die Schule zu schicken. Sie bat ihn mehr als einmal inständig darum, aber er gab nicht nach, und da die Tage dahinzogen und sie Angst hatte, daß die Mädchen die Last ihrer Schuld würden tragen müssen, versuchte sie, ihren Rückstand zu verringern, wenn sie wieder mit den anderen Kindern die Schulbank teilen würden. Sie suchte sich, was zur Hand war, sogar eine Tischglocke, die als Gong diente, denn so gab sie der Pause einen theatralischen Anstrich, der Sarah vergnügte, welche schon mit den simplen Grundrechenarten offenkundige Schwierigkeiten hatte. Sie kaute am Radiergummi und traf mit dem Stift nicht das Papier. Und doch fiel es Brenda weniger schwer, ihre Fehler zu korrigieren als Rosies, die eine sprühende, heftige Intelligenz besaß. Sie lernte schnell, mit unersättlicher Neugier, und wenn Brenda die Antworten ausgingen, schaute Rosie vor sich hin und trommelte mit dem Bleistift auf den Tisch. Manchmal, bis er zerbrach.

In Palmira verstärkte sich die Feindseligkeit Rosies, die überzeugt war, daß sie Buenos Aires wegen Brenda hatten verlassen müssen. Auf Grund einer heiklen Angelegenheit, die sie damals nicht ermessen konnte, die ihre Mutter jedoch zu einer langen Buße zwang. Sie und der Junge hatten sich geküßt. Sie hatte diese Schweinerei begangen, und alle mußten nun dafür bezahlen. Das erzählte sie Sarah, die die Geschichte aus ihrem Gedächtnis strich und unvermittelt zu singen anfing, ›Brenda hat einen Freund‹, manchmal arglos, manchmal eindeutig boshaft. Sie schien allem entrückt, was um sie herum vorging, aber mit der Zeit lernte sie, daß sie in Gegenwart ihrer Eltern nicht wiederholen durfte, was Rosie ihr erzählte, und ebenso, wie weit ihre eigentümliche Macht ging. Schon bald hatte sie entdeckt, daß sich Brenda ihr mehr fügte, als sie für möglich gehalten hätte. Wenn sie auf einen Sessel pinkelte, machte sie ihn sauber, wenn sie von ihr verlangte, sie anzuziehen oder zu baden, ließ sie alles stehen und liegen, und kümmerte sich um sie, und wenn sie sie anspuckte, wurde sie nicht bestraft. Später merkte sie, daß alle vermeiden wollten, daß sie sich etwas antat, und schließlich panische Angst hatten, sie könnte es wieder tun.

Eines Abends zwang Thomas sie dazu, beim Essen das Besteck zu benutzen, und Sarah schlug mit solcher Wut damit auf den Tisch, daß sich das Essen über die Decke verteilte und der Teller zerbrach. Er schickte sie zur Strafe auf ihr Zimmer, und kaum hatten sie die Hintertür klappen hören, liefen sie in den Garten hinaus, riefen nach ihr, suchten sie in allen Winkeln, fanden sie jedoch nicht. Dann erklang ihr Kreischen aus Richtung des Sees, und Thomas durchbrach die Ligusterhecke so verzweifelt, daß er sich die Kleider zerriß. Sarah stieß beim Laufen entsetzliche Schreie aus, als hätte sie Feuer gefangen, und sie erstarben erst, als sie ins Wasser ging und in die Tiefe sank, wo Thomas sie gerade noch rechtzeitig zu fassen bekam. Von da an war das Verhältnis der beiden von einer Furcht geprägt, die mit den Jahren immer stärker wurde. Sie vermied es, ihn zu reizen, und er ließ ihre Launen durchgehen. Sie übersahen und fürchteten einander, als hätte die Gewalt der Autorität einen Pakt mit der der Selbstzerstörung geschlossen.

Sarah machte sich alle zu Diensten, konnte jedoch nicht in die Familiengeheimnisse der Doghrams eindringen wie Rosie, die Stunden mit dem Vater verbrachte. Nachher spielten sie die Geschichten nach, die Sarah immer durcheinanderwarf. Rosie mußte sie ihr von neuem erzählen, Sarah fragte wieder und wieder nach Glenda, nach Peter, nach dem, was Albert tat. Aber über Onkel Albert sprach Thomas wenig, und Rosie berichtete ihr dafür alles andere bis ins kleinste Detail, voll Stolz, die Erbin des Familiengedächtnisses zu sein. Als solche bezeichnete sie Thomas, bevor er die Stirn runzelte, die Fingerspitzen aneinanderlegte und sich bemühte, Erinnerungen hervorzulocken, zu denen er nur mit ihrer Hilfe gelangen konnte. Er brauchte ihre unschuldigen Fragen, um seine Eltern wieder vor sich zu sehen, das alte Haus in Leeds, das Gesicht der Großeltern, all das, was an einem abgeschotteten, welken Ort der Zeit verblich. Jede Anekdote war ein Lämpchen, das in den Gängen seines Gedächtnisses aufleuchtete. Manchmal war ihm, als könnte er Bilder erkennen, die die Traurigkeit seiner Mutter vorwegnahmen, etwas anderes zeigten als ihre Schicksalsergebenheit, und dann fiel alles in Dunkelheit und Sinnlosigkeit zurück, bis ein Stück Straße in Genf auftauchte, eine Katze auf dem Dach, die Brille seines Vaters auf dem Brief, der ihn von Alberts Tod in Saloniki unterrichtete. Der Schattenkegel rund um diese Nachricht brachte ihn zur Verzweiflung, als wären Straße, Katze und Brief Splitter einer auf ewig verlorenen Wahrheit, nicht mehr als die Wahnbilder eines Betrunkenen vor einem Kirchenportal. Der Abend, an dem Dedi mit seinem Vater zusammenstieß, als er nach Hause kam, war ein Splitter, ebenso der Eßtisch in Leeds, der Leberfleck seiner Mutter am Halsansatz, und all das erzählte er Rosie voll Angst, die Zeit könnte auch das noch verschlukken, denn ihm war, als hätte sein Leben die Richtung verloren, als hätten die Jahre ihre Spuren ausgelöscht, und mit blinder Überzeugung suchte er den Grund dafür in seiner Kindheit.

Jahre hindurch trieb Thomas der Gedanke an, er könnte eine Erinnerung finden, die die Leere rechtfertigte, in der er lebte. Er hatte den Eindruck, als löschte jede Stadt, in der er gewohnt hatte, jede Arbeit, jede neue Zeitspanne die vorhergehende aus und als besäße er von der Vergangenheit nicht mehr als eine Summe von Bildern, die in der Dunkelheit erloschen. Er verlangte nach Rosies Fragen, eroberte sich neue winzige Details, kaute sie immer wieder durch, da ihn der Verdacht befiel, ein verborgener, einfacher Aspekt könnte ihm entgangen sein. Er bildete sich ein, Rosie würde ihm dabei helfen, doch sie war bald schon überzeugt, daß sich ihr Vater mit all den Nichtigkeiten, die sie sich anhören mußte, nur produzieren wollte, und fand sich damit ab, ihm bloß Gesellschaft zu leisten.«

»Sagen Sie, was suchte er denn?«

»Ich weiß es nicht.«

»Kommen Sie, Sie wissen doch alles.«

»Täuschen Sie sich nicht. Ich erzähle es Ihnen nur. Je mehr er sich in die Vergangenheit vertiefte, desto spärlicher und belangloser wurden seine Erinnerungen. Sie übertrieben die Bedeutung seines Lebens und machten es zugleich töricht. Selbst wenn er hundertmal auf das Gesuchte gestoßen wäre, er verlangte zuviel davon. Es war ein Wahn.«

Wir hörten einen Knall und sahen, daß sich Emas Mann mit Mühe an der Theke festhielt. Das Radiogehäuse war auf den Boden gefallen, und er reckte den Hals und schluckte beschwerlich.

»Du solltest dich hinlegen«, sagte sie, aber allein schien er nicht dazu imstande zu sein. Er blickte um sich, als sähe er alles in weiter Ferne. Da legte Ema das Strickzeug weg, ging zu ihm und führte ihn in den Gang zu den rückseitigen Räumen der Gaststätte. Ich sah sie hinter einem einfachen Vorhang verschwinden, der als Tür diente, hörte noch ein Stöhnen, und kurz darauf kehrte sie zur Theke zurück. Sie musterte die Schnapsflasche, hob das Radiogehäuse auf, legte es auf die Theke und setzte sich wieder an den Tisch.

»Braucht er einen Arzt?«

»Ich glaube nicht.«

»Wie geht es ihm?«

»Der schläft gleich.«

»Sind Sie sicher?«

»Wissen Sie, besser Sie erzählen mir endlich, was Doghram gesucht hat, aber mir scheint, das können oder wollen Sie nicht. Ich glaube, er hat sich in Palmira versteckt und hätte sich eigentlich sicher fühlen müssen, aber er wollte sich quälen, denn womöglich hat Camboyas Großmutter recht mit ihrem Spruch, wähle zwischen dem Tod und einem Problem. Jeder Mensch braucht eine Hürde.«

»Glauben Sie?«

»Unbedingt.«

»Er führte kein beneidenswertes Leben. Vormittags schloß er sich mit Rosie ein, nach dem Mittagessen hielt er seine Siesta, hörte Musik, machte einen Spaziergang, säuberte das Werkzeug, baute irgend etwas Einfaches, Praktisches, ging manchmal zur Küste hinunter, um Fisch zu kaufen. Er führte nicht einmal ein würdevolles Leben inmitten der leeren Stunden, inmitten von zuviel Unkraut, zuviel Hecken. Eines Nachts griff er zur Flinte, ohne Erbitterung, ohne eine Entschuldigung für die Erregung zu haben, die das Spannen des Hahns, der Sturz durchs Laubwerk, das Knacken im Maul der Hunde verursachte. Die Vögel schliefen auf den Ästen, wurden manchmal geblendet von diesem Schein, ungewohnt wie der Tod. Die überraschten, ohnmächtigen Augen. Er ging durch den Garten, die Taschenlampe ans Visier geheftet, schaute sich nach den Fenstern um, voll Furcht, man könne ihn bei diesem kleinen, intimen Akt beobachten, der sich gegen seinen Willen Bahn brach, weil es ihn in den Händen juckte, weil das Auge mit so vorsichtiger Konzentration über dem Gewehrkolben ruhte und das Licht an einen präzisen Ort in der Dunkelheit reiste. Wenn er am nächsten Tag die Überreste eines Rosttöpfers oder eines Kardinals im Laub fand, musterte er ihn voll Furcht. Er wollte nichts davon wissen, aber es waren so viele, auch den anderen mußten sie so offensichtlich und intim erscheinen wie ihm selbst. Und er zertrat sie.

Thomas entdeckte das Kreuz und die ersten Zaunbretter des Friedhofs mit einer Scham, die es ihm verbot, sich zu nähern. Er glaubte, Rosie habe einen Weg gefunden, es ihm vorzuwerfen. Eine Zeitlang versuchte er, die Häufigkeit seiner nächtlichen Streifzüge zu verringern, strich um den Schrank unter der Treppe, wo er die Waffe aufbewahrte, und kämpfte mit seiner Selbstbeherrschung. Er schämte und bemitleidete sich und ging dann mit gespannter Flinte in den Garten hinaus.

Die anderen schwiegen. Wie er. Es war kein Geheimnis. Es war ein Schweigen. Sie mußten es wie Brendas Whisky, Sarahs Anfälle, Rosies Romane und das Wissen um das dulden, was man tun und nicht tun konnte in Doghramville, wie Rosie es einmal genannt hatte und wie sie es immer wieder nannten, wenn sie das Bedürfnis hatten, zu lachen, zu protestieren, sich auf die Probe zu stellen.

Nichts davon konnte Arturo wissen, während er den Rasen mähte, die Hecken stutzte und auf ein Zeichen von Rosie wartete. Auch später nicht, als er bereits wußte, daß er alles Menschenmögliche tun würde, um an ihrer Seite zu sein. Aber daß Doghram verrückt war, konnte er immer wieder sagen, ob zu den Leuten in Palmira oder in Carmelo oder zu einem unbekannten Mädchen an einem Strand, über den der Regen hinwegfegte. Er haßte ihn mit einer elementaren Dringlichkeit, nicht nur, weil er die Frauen einschloß. Selbst wenn er ein guter Vater gewesen wäre, hätte ihn der geizige Schnitt seiner Augen abgestoßen, die Haut seiner Hände, seine finstere graue Weste. Er konnte es sich noch immer nicht erklären, hatte vergessen, warum er in das Feuer starrte und von Thomas Doghram sprach. Camboya dagegen konnte nicht abschütteln, was für ein Echo diese widerwillig geäußerten Worte in ihr auslösten, und sie mußte sich im Sessel zusammenkauern, als bildeten der Schwede, ihre Kindheit, die Abtreibung eine einzige ewige Gegenwart, in der auch ihre Tante Platz fand, wohingegen die übrige Zeit bedeutungslos war.

Während Arturo von der Schwachsinnigen sprach und von ihrer Schwester, die durch die Unruhe, mit der er ihren Namen nannte, eine bedeutungsvolle Aura umgab, schaute Camboya sich die Schmuckschatulle auf dem Tisch an. Sie stand auf, ging hinter Arturos Rücken näher heran und nahm sie in die Hand. Sie fand es seltsam, daß jemand wie er so einen weiblichen Gegenstand bei sich trug, der in keinem Verhältnis zu seinem Rücken stand, zu den schweren Schultern, die der Pullover noch wuchtiger wirken ließ. Er sah aus wie ein finsterer Kerl, dem ein Mädchen mit einem Körnchen Grips nicht auf einem verlassenen Strand begegnen wollte, und doch erklärte er ihr gerade, was für eine falsche Welt ein anderer um seine beiden Töchter aufgebaut hatte. Nicht für einen Tag, nicht für zwei. Zwanzig Jahre lang, während deren sich beide bei ihm einhaken, ihm um den Hals fallen und sich vorstellen mußten, daß jenseits der Hecke der böse Wolf die Kinder fraß. Damit und mit ein paar englischen Kinderliedern waren sie aufgewachsen, Lieder, die nun zwangsläufig zu ihnen gehörten wie ihre Art zu gähnen. Es war kein Irrtum, den man hätte wiedergutmachen können. Wenn es denn dieselben Mädchen waren. Das konnte sie nicht wissen.

Sie spielte mit der Kristallschatulle, stellte sie wieder hin, begriff nicht, was sie da neben der Tasche zu suchen hatte, neben der Gasflasche, dem Flachmann. Nicht zu ändern. Sie mußte bloß den Mund halten und warten, daß der Regen aufhörte, ihren Ausweis holen und verschwinden. Sie waren einander entgegengekommen und sich nichts schuldig. Jeder würde seiner Wege ziehen, und zwei Tage später wäre nichts mehr übrig als die Erinnerung, daß sie einem Typen in Schwierigkeiten begegnet war. Das war einfach, das würde sie zustande bringen. Was würde ihr Vater an ihrer Stelle tun? Auf seine Wahrheit pochen. Keine Handbreit würde er zurückweichen, würde sich, wo immer ein Schatten von Täuschung auftauchte, an die Wahrheit halten, denn er war der Überzeugung, daß die Menschen unbegrenzt füreinander verantwortlich waren. Darüber hatten sie einmal gestritten, es ging um den Freund ihrer besten Freundin. Camboya hatte gesehen, wie er in einem Kino eine andere Schulkameradin geküßt hatte, und wußte nicht, wie sie sich verhalten sollte. Ernesto war der Ansicht, sie müsse es unbedingt erzählen, andernfalls werde das Schweigen sie zur Komplizin machen, doch sie fand es grausam, ihr die Illusionen zu nehmen. Nicht nur grausam, sondern unmotiviert, schlimmer noch, fanatisch. Er erwiderte, sie müsse für die Treue eintreten, sonst sei sie nichts weiter als ein Häufchen Dreck – seine Hand ballte sich auf dem Tisch zur Faust – und werde mit ihrem Mistkörnchen zum Elend der Welt beitragen. In dem Augenblick schien das Schicksal der Menschheit von ihrer Entscheidung abzuhängen. Es paßte ihr nicht, daß sie sich als Verräterin fühlen sollte, und sie erzählte ihm nie, wofür sie sich entschieden hatte, auch wenn er in sie drang und ihr eine Zeitlang mit Standpauken zusetzte, die wegen einer Nichtigkeit begannen und mit endlosen Schmähreden gegen die Heuchelei und den Faschismus im täglichen Leben endeten. Ja, ihr Vater würde keine fünf Minuten zögern, um zu sagen: Verzeihen Sie, die beiden Mädchen könnten die Töchter von Verschwundenen sein, wenn Sie Anzeige erstatten wollen, begleite ich Sie gern zum Gericht.

Sie biß sich einen Fingernagel ab, kehrte zum Sessel zurück und achtete mehr auf die Röte in Arturos Gesicht als auf seine Stimme, leicht gedämpft vom Regengetrommel auf dem Dach. In der Hütte hing Rauch, die Fenster waren blind vor Dampf, und jenseits des kleinen Kreises um den Kamin regierten feindselig Kälte und Feuchtigkeit. Je mehr sie über das Leben erfuhr, das Rosie führte, desto mehr fürchtete sie ihr Geheimnis. Bestimmt hatte sie lange Jahre gebraucht, bis sie das Eingesperrtsein aushalten, sich eine Vorstellung von der Welt machen konnte, die sie umgab, und zu ihren Romanen gelangt war. Vielleicht hatte Ernesto recht, und ihr Geist war zu verdorben, um derlei zu erfassen. Genau. Nirgendwo konnte sie sich einfügen.

Sie wartete, bis Arturo zu Ende gesprochen hatte, und als er eine Pause machte, um sich eine weitere Zigarette anzustecken, spielte Camboya erst mit einem Faden am Stiefelrand, wickelte ihn um den Finger und fragte dann, welche Farbe die Haustür bei den Doghrams habe. Er sah sie beunruhigt an. Noch hatte er ihr nicht gesagt, warum er in Las Malvinas war, doch sie schien keine Erklärung mehr zu verlangen.

›Grün‹, antwortete er. ›Ein ekelhaftes Flaschengrün.‹

Da lächelte Camboya und schaute zu Boden.

›Tut mir leid‹, sagte sie.

Einige Sekunden lang hörte Arturo dem Knistern des Holzes im Feuer zu. Ihm war, als wäre das Schweigen noch tiefer geworden, und er begriff, daß es zu regnen aufgehört hatte.

›Seit so vielen Jahren schon täuscht er sie‹, stellte er abschließend fest.

›Er versteckt sie.‹

›Sie verstecken? Die Welt versteckt er vor ihnen, der Kerl.‹

Camboya sah, wie plötzlich der Lichtsaum, der durchs Fenster fiel, anwuchs, als wäre eine Lampe angegangen. Ein milchiges Leuchten, das sich Handbreit für Handbreit des

Tischs, der Schmuckschatulle, des Bodens bemächtigte und sie zu suchen schien. Ihr Kinn zitterte.

Arturo sah sie an, ohne die Verstörung in ihrem Gesicht zu begreifen.

›Aber womöglich versteckt er die Welt nicht ohne Grund vor ihnen‹, fuhr Camboya fort. ›Womöglich hat die Hecke nur den Zweck, ihn selbst zu verstecken . . .‹

Arturo glaubte, daß sie ins Blaue hinein redete, einerlei, was genau er ihr erzählt hatte. Er bereute seine Worte, bereute, daß er sie ins Auto hatte steigen lassen und in etwas eingeweiht hatte, was sie nichts anging. Doch gleich darauf begriff er, daß das Geheimnis vielleicht in dieser einfachen Schlußfolgerung lag, die ihm nicht in den Sinn gekommen war, geblendet von Rosie, den Vögeln, der Nähe Doghrams. Er sah, wie sie nervös aufstand, ans Ostfenster trat und dort mit dem Rücken zu ihm stehenblieb, die Hände in die Taschen ihrer Jeansjacke vergraben.

›Ihn selbst verstecken? Was meinst du damit?‹

›Ich weiß nicht . . .‹, murmelte Camboya, ›vielleicht wegen etwas, was nicht herauskommen sollte und . . .‹

Es erschreckte sie, was sie da tat. Sie hatte nicht den Mut, nicht das Recht, hatte nicht die geringste Ahnung, was sie sagen sollte, steckte aber schon mittendrin, hin und her gerissen zwischen dem Drang zu fliehen und dem Zwang, ihren Satz, in den sie sich verirrt hatte, zu beenden. Sie konnte sich für keinen Weg entscheiden, starrte auf den Dunst an der Scheibe, die Salzgespinste, die die Küste zu einem Fleck verschwimmen ließen, und erzählte ihm, was der Schwede vor zehn Jahren in ihrer Küche zu Hause gesagt hatte.

Als sie fertig war, löste sie den Blick nicht vom Fenster, spürte, wie der Boden unter ihren Füßen schwankte, und lauschte der Einsamkeit im Raum, dem Kreischen der Möwen am Strand und lehnte die Stirn gegen die Scheibe.

›Wer ist der Schwede?‹ hörte sie ihn sagen und begriff, daß sie eine Dummheit begangen hatte. Sie hatte nur einen Klang, nicht einmal einen vollständigen Namen vorzuweisen, nur etwas, was sie nicht hätte hören sollen und ein Mißverständnis sein konnte. Sie bereute es. Aber er wiederholte die Frage, die nun unabwendbar war, und sie sagte, er sei in Buenos Aires im Gefängnis gewesen, habe das Ehepaar Melo gekannt und die Geschichte erzählt, die er viele Jahre später, als er endlich im Exil war, von einem Genossen erfahren hatte. Arturo fragte, warum er sie besucht, welche Beziehung er zu ihrem Vater gehabt habe, zu welchem Zeitpunkt all das geschehen sei.

Camboya machte der gebieterische Ton hinter ihrem Rükken angst, die Stimme des Mannes, das überflüssige Leid, und während ein Dunsttropfen eine durchscheinende Furche über die trübe Fläche der Scheibe zog, fühlte sie sich zum erstenmal bedroht. Es erschreckte sie, womöglich noch einen Irrtum zu begehen. Sie sagte, das sei 76 oder 77 geschehen, sie wisse es nicht mehr genau, der Schwede sei ein Verwandter ihres Vaters gewesen, sei mit seiner Frau zum Abendessen gekommen, und auf einmal war ihr, als machte die feine senkrechte Schneise im Dunst am Fenster, die das Licht hindurchließ, den Strand zu einem Trugbild. Sie wischte mit dem Jackenärmel über die Scheibe, sagte, ›kommen Sie, was ist da draußen los?‹, und stürzte zur Tür.

Neun

Camboya machte zwei Schritte und trat dann zur Seite, um Arturo hinauszulassen auf den Teppich aus Schaum, der sich vor der Veranda ausbreitete, die Wände emporkletterte und die Küste bis zur ersten Dünenkette bedeckte. Als wäre ein Stück Himmel auf die Erde gefallen und hätte sich zwischen sie und den Horizont geschoben. Das Meer war aufgewühlt, lehmfarben, fast jodrot, die Brandung schwitzte Schaumflocken, überschlug sich am Ufer und lief in milchige Moränen aus, die dann eine nach der anderen luftig, zitternd wie eine riesige Herde Schafe gegen die Dünen gescheucht wurden. Weiter hinten sah man windschiefe oder abgesunkene Hütten, mal in gelblichem, mal in violettem, mal in grünem Licht, das für Augenblicke wie eine dicke Walze in der Luft schwebte.

Oben verschob der Wind Sturmschichten, aber der Strand verharrte weiterhin wie abgekapselt in seiner bleiernen Dumpfheit nach dem Regen. Camboya watete ein paar Meter durch die Schaumblasen, die ihr bis zu den Knien gingen, und Arturo sagte, sie müßten jetzt aufbrechen. Es seien fünf Kilometer bis zu den Häusern von Valizas, vielleicht komme der Regen wieder, und in zwei Stunden werde es dunkel. Er fragte sich, ob das Mädchen eine andere Begabung hatte, als ihn in Schwierigkeiten zu bringen, aber er wollte sie nicht bei sich in der Hütte haben, wenn er sich vornahm, über sich und Rosie nachzudenken. Er forderte sie auf hereinzukommen, denn eine Schaumzunge drängte bereits durch die offene Tür, er schloß sie, schob mit einem verkohlten Scheit rasch das Holz im Kamin auseinander, ging ins Obergeschoß und kam mit einer Decke wieder. Einige Minuten lang lief er im Haus hin und her, inmitten eines Schweigens, das Camboya zum Stehenbleiben zwang, so eingeschüchtert war sie von der Schroffheit, mit der er mal Dinge wegschob, mal dagegenstieß, als fände er den Ausgang nicht und taumelte gegen alles, was ihm in den Weg kam.

Sie sah, wie er zur Schmuckschatulle griff und sie in seine lange Jacke steckte. Er wühlte in der Reisetasche, holte eine Taschenlampe heraus und steckte sie ebenfalls in die Jacke. Dann verließ er die Hütte, versperrte die Fensterläden mit einem Schloß, kam wieder herein und sah Camboya mit durchdringendem Blick an, der aggressiv auf sie wirkte. Aber Arturo musterte ihre Jeansjacke, den Minirock, die Stiefel und stellte fest, daß nichts davon sie schützen würde. Er legte seine Jacke ab und forderte sie auf, sie anzuziehen, nahm die Decke, die er auf dem Tisch zurückgelassen hatte, warf sie sich über die Schultern, und einen Moment lang schien es, als würde er zu schimpfen anfangen. Aber er öffnete die Tür, und sie traten die Flucht ins Freie an, flohen voreinander und jeder vor sich selbst.

Eisige, feuchte Luft schlug ihnen entgegen, die sich unter der Küstenglocke staute, der der Schwengel des Meers ein Dröhnen entriß, das in einen langen Donner auslief. Sie gingen langsam voran, weil sie nicht sahen, wohin sie traten, das Ungeheuere drückte sie tief in den Kreis von Dünen, Himmel und Ozean, und nach kurzem Weg ging ein Nieselregen auf sie nieder. Arturo beschleunigte den Schritt, und Camboya folgte ihm, die Augen fest auf die Rinne geheftet, die seine Beine im Schaum öffneten, der eisenfarben war, manchmal auch von dunkel marmoriertem Weiß. Die eine Hand hielt sich an der Taschenlampe fest, die andere an der kleinen Schmuckschatulle, und so schwer ihr die Lederjacke auch auf den Schultern lastete, anhand der Kälte im Gesicht und an den Ohren merkte sie, was für einen Schutz sie ihr bis zu den Oberschenkeln bot. Sie hatte den Eindruck, einen Steg entlangzugehen, der sie in die Einsamkeit zurückführte, zu den Entscheidungen, die sie würde treffen müssen, sobald sie ihren Ausweis wiederhatte. Sie wollte nicht zurück, aber etwas war beim Gespräch in der Hütte an die Oberfläche gekommen, was ihrer Reise ein Ende zu setzen schien. Es hatte nichts mit der Abtreibung, den schlechten Erfahrungen mit Julio und Orlando zu tun, sondern war, wie sie glaubte, noch entscheidender, um etwas ganz Bestimmtes zu begreifen, was sie schon immer umgetrieben hatte, etwas, was der Schwede erwähnt hatte und was erst jetzt, zehn Jahre später, ihr Bewußtsein erreichte: mit welch großherziger Selbstaufgabe Cecilia entgegen ihrer Furcht gehandelt hatte, und als es zu der dummen Verhaftung kam, war schon alles in ihr tot gewesen, tot nicht um eines Banners willen, denn keine Wahrheit, sondern ein Irrtum war der Grund dafür, eine Art Reue. Jahrelang hatte ihr Vater ihr mit der heroischen Cecilia und ihrer selbstlosen Aufopferung für die Armen zugesetzt. Sie mußte hören, wie er aus dem Unfall eine mutmaßliche Militäroperation machte, die die Zeit, das Vergessen oder die Notwendigkeit schließlich unzweifelhaft werden ließ. Und so idiotisch das auch klingen mochte, sie hatte ihn nicht Lügen gestraft, sondern am Ende beide hassen gelernt, und ihr Schuldgefühl ließ sie schweigen, denn sie wußte, daß sie Cecilia gegenüber ungerecht war. Aus ihrer unvollendeten Geschichte löste sich dieses Bild, das sie ihr durch den Schmerz wieder vertrauter machte, daß sie einen Mann hatte verlassen müssen, den sie liebte und den sie nicht mehr wiederfand. Das dachte sie, während sie im eisigen Sprühregen, der über der Küste niederging, hinter Arturo herstapfte, und je wirklicher für sie diese Träne wurde, die der Schwede in einer Bar bezeugt hatte, desto näher war sie ihr mit ihrer eigenen Mühe, zu begreifen, wie ihr Leben so ohne weiteres hatte entgleisen können. Ganz unvermittelt, da sie einem Irrtum hatte abhelfen wollen und doch dem Gefühl des Verlassenseins nachgegeben hatte, dann einem Geliebten, auf den wieder Verlassenheit folgte, Trost, ein Diebstahl, eine Abtreibung und am Ende dieser Strand, wo sie sich nun taub vor Kälte vorankämpfte, manchmal entmutigt, manchmal euphorisch, während es aus einem Winkel ihres Kopfes herausschreien wollte: Du bist am Ende der Welt, Nicht-zu-Ändernde, und dieser klatschnasse Wahnsinn hier ist deine Wirklichkeit! Hier kannst du nicht die Sparbüchse deines Alten, sein hartes Herz oder seine Lügengeschichte vorschieben. Hier gibt's nur das, was du vor Augen hast, nichts, was sich durch reine Willenskraft überwinden ließe. Ach was, nicht einmal mit der Kraft deiner Beine!

Weiter vorn lösten sich die Regenschleier auf, doch sie trafen auf neue, die fest am Himmel aufgehängt zu sein schienen und sich als dunkler Schatten über der Küste bauschten. Als sie ihnen näher kamen, gelangten sie vom kupferfarbenen Licht zu einer stahlfarbenen Schwelle, gräulich und kompakt wie eine Riesenmaschine, die über die Winde des Himmels lief und auf den Amboß des Meers schlug, und nachdem sie zweihundert Meter durch die Nässe gegangen waren, traten sie in einen Bronzeschimmer ein wie zwei Wanderer in eine leuchtende Schmiede. Jetzt sahen sie gewaltige Ballungen von Schaum, die bizarre Formen bildeten, den Boden zu einer schiefen Ebene machten und zu ungeheurer Größe anzuwachsen drohten.

Arturo hielt mit einer Hand die Decke am Hals zusammen

und heftete den Blick auf das langsame Schwanken des Horizonts, wollte unbedingt zum Auto gelangen, das Mädchen loswerden und, falls möglich, den Weg zurück zur Hütte finden. Er suchte dort noch immer die nötige Ruhe und Geborgenheit, obwohl sie Camboya mit ihrer Offenbarung bereits zerstört hatte. Er wußte nicht, was anfangen damit, was aus Rosie werden würde, wenn es wahr sein sollte. Er fürchtete, daß sie sich in Nichts auflösen könnte, fern von der Linde und der Bibliothek, hinausgestoßen in eine Wahrheit, die Schluß machen würde mit den Erinnerungen der Doghrams, den Vorwürfen der Untreue, ihren Tröstungen, und so schrecklich das Eingesperrtsein auch sein mochte, jetzt kam es ihm weniger grausam vor als sein eigentlicher Grund. Er stellte sie sich im Gerichtssaal vor, dem ausgesetzt, was sie nicht war, inmitten von Anwälten, fremden Angehörigen, Journalisten und den Geschichten, die andere ihr über ihre nicht erinnerten Ursprünge erzählen würden, während die Zeit sich in welkes Laub verwandelte. Würde er die Täuschung vorziehen, den Torfdünger, in dem Rosie aufgewachsen war, all dem zum Trotz, was nicht Illusion, Phantasie, der Drang war, in die Romane zu flüchten, auch wenn sie damit nur eine erfundene Geschichte gegen eine andere ausgetauscht hatte? Er fürchtete, die Wahrheit könnte sie ihm entreißen, und der Gedanke war ihm unerträglich, das zu zerstören, was er liebte. Wie benommen ihn auch die Sturmwolken am Himmel und der Nebel am Strand machten, er sagte sich, daß er sie verlieren würde, sobald er sie von Doghrams Arm wegrisse, daß ihr einzigartiger Zauber in seinen Händen zerfallen würde, und mit diesem Zweifel beschleunigte er den Schritt, zog die Decke noch enger um sich und öffnete sich eine Schneise auf dem Boden, den er nicht sah.

Eine halbe Stunde später reichte ihnen der Algenschaum bis zur Hüfte, und Arturo hatte hundert Meter Vorsprung vor Camboya, die kaum mehr den Torso mit Decke ausmachen konnte und schneller lief, um nicht zurückzubleiben. Sie glaubte, nicht länger durchhalten zu können. Ihr Kopf triefte, das Wasser drang durch die Risse in den Stiefeln, und die Lederjacke war ihr so leicht geworden, daß sie sie kaum mehr spürte. Bestimmt würde sie sich noch vor Valizas eine Lungenentzündung holen. War es nicht besser, umzukehren? Sie schrie ihm nach, er solle anhalten, aber er hörte nicht oder wollte nicht hören, so daß sie ihm weiter hinterherlief, und je größer die Distanz zwischen ihnen wurde, desto mehr wuchs der Schrecken, den ihr der Strand einflößte. Der Schaum wogte um sie herum und schlang sich um ihre Beine. Wild dröhnend donnerte das Meer, keine Menschenseele war an der Küste zu sehen, und bis zum Dorf war es noch weit. Sie rief wieder nach ihm und blieb stehen, um zu überschlagen, wie weit sie von der Hütte entfernt waren. Da sah sie, wie sich am fleckigen Horizont Tausende von Möwen aufschwangen. Aber es konnten doch keine Möwen sein. Ihr Flug war stockend und ungeschickt, sie drängten sich zusammen, taumelten gegeneinander, näherten sich in schwindelerregendem Tempo.

Wie ein Stoß erreichte sie der Wind, er harkte über das Meer und tauchte sie in einen Wirbel aus Schaum. Da rannte sie los, auf Arturos Gestalt zu, verwischt von wild gewordenen Flocken im Tiefflug. In Sekundenschnelle war der Strand ein Gestöber aus Gerinnseln, die die Luft anfüllten und sich an ihren Körper klebten. Sie konnte kaum erkennen, in welche Richtung sie lief, und manchmal war ihr, als würde der Wind sie gleich hochheben und in den Wirbelsturm aus Geifer schleudern, der den Himmel verdeckte. Auf einmal sah sie, wie er auf sie zulief, ein Ungetüm von Schneemann, anscheinend rief er etwas, deutete auf die Dünen und war plötzlich verschwunden.

Sie rannte auf das Bild zu, das ihre Pupillen noch festhielten, schrie nach ihm, ruderte mit den Armen im Schaum, aber ohne jeden Orientierungspunkt, und je länger sie lief, desto größer wurde ihre Furcht, sich nur noch weiter zu entfernen, so daß sie schließlich kleine Spiralen drehte und nichts mehr sah und ermaß als die weiße Wand des Schrekkens. Die Luft bildete einen Vorhang aus Geifer, sie konnte nicht ausmachen, wo sie sich befand, und das Meer war so drohend nah, daß sie glaubte, es greife schon nach ihr. Sie zwang sich stehenzubleiben, versuchte, sein Rauschen aus dem Brausen des Windes herauszuhören, tastete mit den Füßen, wich mal in die eine, mal in die andere Richtung zurück, tappte dann wieder blindlings voran, auf der Suche nach einer Spur, bis sie sich erschöpft nur noch vom Dröhnen des Ozeans leiten ließ, in die entgegengesetzte Richtung lief und die Umrisse einer Hütte sah, deren eine Dachfläche die Dünen begruben. Die nahm sie sich zum Ziel. Mehrmals umrundete sie das Haus, rüttelte an den Fensterläden, an den Schlössern, den Riegeln. Der Sturmwind schwoll an, und in der wirbelnden Luft mußte sie die Zähne zusammenpressen, um nicht zu schreien. Dennoch schrie sie, kämpfte mit den Schlössern, den Fenstern, und als sie endlich einen rostigen Ring gesprengt hatte, ließ sie sich ins Dunkel fallen, schloß die Tür und umklammerte ihre Stiefel, ihre Arme.

Sie brauchte einige Minuten, bis sie neuen Atem schöpfte, sich mit ihrer dummen Lage abfand und wieder ins Einvernehmen mit ihren Händen kam, die nach den gefühllosen Beinen in den eisigen Strümpfen tasteten, den Knochen im tauben Fleisch, aus dem ein Beben drang, das sie schüttelte und zurückstieß. Sie nahm an, daß Arturo ebenfalls irgendwo Schutz gesucht hatte, und als sie wieder aufstehen konnte, öffnete sie schnell die vorderen Fensterläden, in der Hoffnung, seine Aufmerksamkeit zu erwecken. Kaum hatte sie den Riegel bewegt, flogen die Läden auf, der Wind stürmte ihr entgegen, nahm ihr die Luft und stürzte eine Lampe um, die in Stücke zerbrach, bevor sie das Fenster schließen konnte. Der Schaum drängte gegen die Scheiben, die Blasen zerschellten daran wie große weiße Schmetterlinge. Sie sah die Leiter zum Dachboden, sah versteckt zwischen alten Möbeln und zusammengerollten Matratzen den Kamin. Doch so sehr sie suchte, sie fand nur zwei kleine Äste in der Herdstelle. Mit Fußtritten zerlegte sie eine Korbbank, holte das Feuerzeug aus ihrer Jeansjacke, und nachdem sie geblasen und das Weidengeflecht zum Brennen gebracht hatte, fraß sich das Feuer endlich ins Holz. Sie mußte sich wärmen, zu zittern aufhören, sich klar darüber werden, was zu tun war. Sie zog sich die Lederjacke aus und wickelte sich in eine Decke. Sie sah ihn noch vor sich, wie er auf die Dünen deutete, und ihr war, als hätte sie ihn darauf zulaufen sehen. Jedenfalls schien er kräftig genug zu sein, um dem Unwetter standzuhalten, wo auch immer. Wieder sagte sie sich, daß er bestimmt in Sicherheit war, aber warum hatte er sie allein gelassen? Sie ging zwischen Fenster und Feuer hin und her, wartete darauf, daß er endlich kam, und während sich unter ihren Füßen die Minuten vermehrten, hatte sie sein Bild vor Augen, das einem Bären glich, und hörte seine tiefe Stimme, ernst und arglos, wie alles, was ihn umgab. Da kam ihr der Gedanke, daß er nun den geeigneten Vorwand gefunden hatte und voll Ärger darüber, wie kopflos sie sich in sein Leben gedrängt hatte, hinter den Dünen wieder zurück zu seiner Hütte ging und den Augenblick verfluchte, an dem er sie ins Auto hatte steigen lassen. Letzten Endes war er ihr nur ihren Ausweis schuldig, nichts, was ihn verpflichtet hätte, sich bei dem Wetter den Schrecken des Strandes auszusetzen oder sich auch nur zu verabschieden, ganz wie Julio, wie alle Männer, die ihrer überdrüssig waren.

Sie versuchte, eine weitere Bank zu zerlegen, und schob sie schließlich unzerteilt in die Herdöffnung, sie paßte nur zur Hälfte hinein, war jedoch trocken genug, um rasch eine blaue Zunge zu entfachen und das Feuer auflodern zu lassen. Sie mußte sich wärmen und mußte ihn finden. Aber beides war nicht vereinbar. Mußte ihn um Verzeihung bitten. Oder hatte sie das schon getan? Sie ging wieder ans Fenster und starrte auf den weißen Meeresgeifer, der über die Scheiben glitt. Nie zuvor war sie sich so nutzlos, so entmutigt vorgekommen. Sie stieg hinauf ins Obergeschoß, kehrte mit einer weiteren Decke zurück, ließ sie fallen, hob sie auf, legte sie wieder hin, zog sich die Lederjacke über und ging hinaus, ihn suchen. Sie kletterte die Düne hinauf, die sich gegen das Dach der Hütte lehnte, und kämpfte sich auf dem Dünenkamm voran, während ihr der Wind ins Gesicht schlug und die Nacht von Himmel und Meer zusammengetrieben wurde wie von zwei großen schwarzen Sonnen.

Hinter den Dünen breitete sich ein Pinienwald aus, wo in der Luft noch Schaumfetzen trieben, und sie rief erneut nach ihm. Die Stille danach war finsterer als die Schatten unter den geknickten Ästen und das Knarren der Bäume. Auf der anderen Seite verbarg der Ozean seine Wellen unter der gewaltigen Schaumlast, die den Strand begrub. Wie sollte sie ihn finden? Schließlich rutschte sie die Düne hinunter und kehrte mit dem weißen Licht ihrer Taschenlampe zurück ins Chaos aus Schaum, sie ging aufs Ufer zu, versank im Nebel, und ihr Ekel wuchs, wieder und wieder sagte sie sich, daß er bestimmt gestürzt war, daß sie ihn finden würde, und müßte sie jede Handbreit Strand absuchen.«

»Wo ist er?« Eine Stimme hinter meinem Rücken. Emas Schwester lehnte im Türrahmen, schwer und dickbäuchig, mit glattem, zusammengebundenem Haar, das die vereinte Unruhe von Wangenknochen und Augen freigab.

»Er schläft«, entgegnete Ema und ließ das Strickzeug in den Schoß sinken. Sie schauten sich fest in die Augen, beide mit stumm erregten Lippen, und während sie sich gegenseitig ihres Anblicks vergewisserten, als wollten sie ihr Bild für lange Zeit in Erinnerung behalten, begriff ich, daß nichts die beiden nach meinem Fortgang hindern würde, noch einen Schritt weiter zu gehen und noch einen, von dunklem Willen und Umständen getrieben, über die ich nie etwas erfahren würde.

Die Schwester blickte auf ihre alten Schnürstiefel, fuhr sich mit der Hand über den Bauch, durchquerte die Bar und verschwand hinter dem Vorhang, der zu den Zimmern führte. Ema steckte ihr Strickzeug in den Beutel, in dem sich die Wollknäuel abgewickelt hatten.

»Wie hat sie ihn gefunden?« fragte sie, ohne mich anzuschauen.

»Sie hat ihn nicht gefunden«, antwortete ich betrübt und war doch gedrängt, zu erzählen, daß Camboya ihn gesucht hatte im eisigen Sturmwind, der die Nacht über ihr zusammenschlagen ließ; und nachdem sie sich durch den Nebel gepflügt und, solange ihre Kräfte reichten, wild in alle Richtungen vorangetastet hatte, kehrte sie zur Hütte zurück, nahm ihre Tasche und floh in den Pinienwald, den Blick fest auf den kleinen Lichtkreis gerichtet, den die Taschenlampe auf ihre Gelegenheit warf, sich zu retten. Sie wußte nicht, wovor, vielleicht vor dem Meer oder vor sich selbst oder der Panik, die die einfachen, unerklärlichen Tatsachen hervorrufen. Über eine Stunde suchte sie sich Schneisen zwischen den Pinien, den Ästen, Pinienzapfen, dem Gestrüpp, bis sie den Weg nach Valizas erreichte, und nach einer halben Stunde war sie auf der Landstraße, wo ein Lastwagen sie mitnahm, der Getreide nach Montevideo brachte.

»Und er . . .?«

»Der Schaum quoll vom Strand ins Dorf, stumm und schleichend, bis er es ganz in seiner Gewalt hatte. Zwei Tage lang besetzte er Hauptstraße, Sümpfe, Nebenstraßen, drängte sich an die Türen und Fenster der verrammelten Häuser, über einen Meter hoch, und hätten nicht die Rücken und Mähnen der Pferde aus dem weichen Morast geschaut, der sie nicht bremste, nur ihre Nüstern in weißen Dunst tauchte und sie zu stummen Zeugen im Nebel machte, hätten die Fischer an der Flußmündung geglaubt, sie wären allein auf dem Meer.

Als sich am dritten Tag dieses Etwas, das aus einer verborgenen Hölle im Ozean gedrungen zu sein schien, allmählich zurückzog, fanden sie Arturos Leichnam über einem Ast am Strand. Zu einer Lanze geschliffen, hatte er sich unterhalb der Brust in ihn hineingebohrt. Verzweifelt hatte er wohl versucht, an die Luft zu gelangen, seine Hände hielten den Ast umklammert, und der Kopf am gereckten Hals war nach hinten geworfen.

Daraufhin war der Polizist aus Castillos gekommen, um Fragen zu stellen. Sie fanden die aufgebrochene Hütte, Spuren eines Brandes, den der Algenschaum erstickt hatte, und natürlich den Wagen mit dem Strichmännchen des Mädchens.«

»Und ihren Ausweis . . .«

»Der Ausweis war nicht im Wagen.«

»Aber dann . . .«

»Arturo wußte nicht, wie ihm die Schmuckschatulle aus der Hand gekommen war, und Camboya nicht, warum sie sich in der Jackentasche daran festhielt, während sie sich durch die Nacht fahren ließ, den Kopf ans Lastwagenfenster gelehnt. Je weiter sie sich entfernte, um so angestrengter tastete sie nach den Formen der Vergangenheit, unvermutet, fremd, kalt und doch auf eine Art die ihre, die sich ihr nur über die glatten Kristallflächen und die Erinnerung an den Strand erschloß. Ihrem Geheimnis jedoch näher als Rosie, die auf ein Zeichen von Arturo wartete, das ihr sagte, ob es Wirklichkeit war, was sie ahnte. Ob sie etwas gemein hatten, das entfernt dem Glück ähnelte oder dem Schmerz, von dem sie in ihren Romanen las. Eine Gelegenheit, die süße Verzweiflung zu erleben, den leisen Tod. Und da es nicht eintraf, war sie enttäuscht.«

»Sarah hat ihr seine Antwort nicht gegeben ...«

»Sie hat sie aufgegessen.«

»Aufgegessen?«

»Sie zog sie aus dem Ausschnitt, zerriß sie in Fetzen und aß sie auf. Fragen Sie mich nicht, warum. Vielleicht weiß sie es selbst nicht oder hatte von Anfang an alles begriffen. Aber im Laufe der Tage mußte Rosie immer mehr an ihn denken, verliebte sich in die Verheißung von etwas, was sie erlebt hatte und was nicht zu entschlüsseln war. Sie weiß nicht, ob es Einbildung ist oder ob sie ihre Romane nicht versteht.«